汪曾祺 等 著

红炉烟暖 且闲坐

古吴轩出版社

图书在版编目（CIP）数据

红炉烟暖且闲坐 / 汪曾祺等著. -- 苏州：古吴轩出版社，2022.12
ISBN 978-7-5546-1974-2

Ⅰ. ①红… Ⅱ. ①汪… Ⅲ. ①散文集－中国 Ⅳ. ①I26

中国版本图书馆CIP数据核字（2022）第136969号

责任编辑：顾 熙
见习编辑：张 君
策　　划：村 上　苟 敏
封面设计：言 成
内文插画：桃 年

书　　名	红炉烟暖且闲坐
著　　者	汪曾祺等
出版发行	古吴轩出版社
	地址：苏州市八达街118号苏州新闻大厦30F
	电话：0512-65233679　　邮编：215123
印　　刷	天宇万达印刷有限公司
开　　本	787×1092　　1/32
印　　张	7
字　　数	113千字
版　　次	2022年12月第1版
印　　次	2022年12月第1次印刷
书　　号	ISBN 978-7-5546-1974-2
定　　价	46.00元

如有印装质量问题，请与印刷厂联系。0318-5302229

编辑说明
EDIT MEMO

本书收录了丰子恺、梁实秋、汪曾祺、老舍、周作人、杨朔、王统照、郁达夫、俞平伯、朱自清等一批知名作家的散文名篇。

本书以叙述日常饮食为主线，原汁原味地呈现《胡桃云片》《鳜鱼》等经典篇目。本书配有全新插图，为精华之选，以飨读者。

本书所选篇目根据权威版本进行校订。编校时最大程度上保留原作精髓，部分字词如"的""得""地"、"他""她""它"、"做""作"、"枝""支"等均依循原作。因所选文章创作年份不同，书中不同篇目中的字词用法并不统一，特此说明。另，本书部分文章为节选。

目录
CONTENTS

辑一　风味在人间

003　胡桃云片 ……… 丰子恺

其白如云,其薄如片,名之曰"云片",真是高雅而又适当。

008　水晶虾饼 ……… 梁实秋

虾不在大,大了反倒不好吃。

011　鳜鱼 ……… 汪曾祺

鱼里头,最好吃的,我以为是鳜鱼。

016　西红柿 ……… 老舍

大家作"娶姑娘扮姐姐"玩耍的时节,要在小板凳上摆起几个红胖发亮的西红柿,当作喜筵,实在漂亮。

019　吃莲花的 ……… 老舍

把这用好香油炸炸。外边的老瓣不要,炸里边那嫩的。

023 **羊肝饼** ……………………………………… 周作人

现在说起日本茶食,总第一要提出"羊羹",不知它的祖宗是在中国,不过一时无可查考罢了。

026 **荔枝蜜** ……………………………………… 杨朔

这黑夜,我做了个奇怪的梦,梦见自己变成一只小蜜蜂。

辑二 最是烟火抚人心

032 **蜀黍** ……………………………………… 王统照

爽直是它的特性,却不委琐,不柔靡。

038 **吃瓜子** ……………………………………… 丰子恺

所以我说发明吃瓜子的人是了不起的天才。

047 **结缘豆** ……………………………………… 周作人

几颗豆豆,吃过忘记未为不可,能略为记得,无论转化作何形状,都是好的,我想这恐怕是文艺的一点效力,他只是结点缘罢了。

053 **故乡的野菜** —————————— 周作人
荠菜是浙东人春天常吃的野菜。

057 **故乡的元宵** —————————— 汪曾祺
故乡的元宵是并不热闹的。

062 **豆汁儿** —————————————— 汪曾祺
没有喝过豆汁儿,不算到过北京。

065 **狮子头** —————————————— 梁实秋
狮子头,扬州名菜。

067 **落花生** —————————————— 老舍
什么东西都有个幸与不幸。不知道为什么瓜子比花生的名气大。

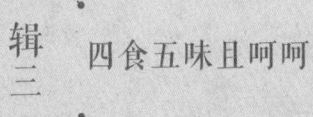

辑二 四食五味且呵呵

072 **略谈杭州北京的饮食** ——————— 俞平伯
不懂烧菜,我只会吃。

085 **饮食男女在福州**（节选）·············· 郁达夫

福州的食品,向来就很为外省人所赏识。

092 **南北的点心** ·············· 周作人

这南北两样的区别,在点心上存得很久。

100 **五味** ·············· 汪曾祺

中国人口味之杂也,敢说堪为世界之冠。

106 **蟹** ·············· 梁实秋

有蟹无酒,那是大杀风景的事。

110 **北平的零食小贩** ·············· 梁实秋

但愿我的回忆不是永远地成为回忆!

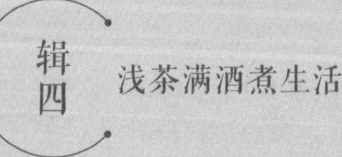

辑四　浅茶满酒煮生活

122 **酒与水** ·············· 王统照

究竟在"水"与"酒"之间,将何所取?

125 **喝茶** ……………………………………… 鲁迅

有好茶喝，会喝好茶，是一种"清福"。

128 **寻常茶话** ……………………………… 汪曾祺

茶斟得太满是对客人不敬。

136 **吃酒** …………………………………… 丰子恺

酒，应该说饮，或喝。

142 **沙坪的酒** ……………………………… 丰子恺

我很想回重庆去，再到沙坪小屋里去吃那种美酒。

148 **饮酒** …………………………………… 梁实秋

酒实在很妙。

153 **喝茶** …………………………………… 梁实秋

口干解渴，唯茶是尚。

158 **"啤酒"啤酒** …………………………… 梁实秋

本地人无以名之，名之为"啤酒"啤酒。

辑五 粗茶淡饭谈人生

164 吃在这个年头 ———— 俞平伯

吃的问题,在孩子群中,研究起来最有兴趣。

167 论吃饭 ———— 朱自清

吃饭第一。

175 食道旧寻 ———— 汪曾祺
——《学人谈吃》序

客人不多,时间充裕,材料凑手,做几个菜是很愉快的事。

184 吃食和文学(三题) ———— 汪曾祺

最要紧的是对生活的兴趣要广一点。

196 读《烹调原理》 ———— 梁实秋

饮食一端,是生活艺术中重要的项目,未可以小道视之。

203 再谈"中国吃" ———— 梁实秋

除了嘴馋之外也还带有几许乡愁。

辑一

风味在人间

胡桃云片

丰子恺

凭窗闲眺,想觅一个随感的题目。

说出来真觉得有些惭愧:今天我对于展开在窗际的"一·二八"战争的炮火的痕迹,不能兴起"抗日救国"的愤慨,而独仰望天际散布的秋云,甜蜜地联想到松江的胡桃云片。也想把胡桃云片隐藏在心里,而在嘴上说抗日救国。但虚伪还不如惭愧些吧。

三四年前在松江任课的时候,每星期课毕返上海,黄包车经过望江楼隔壁的茶食店,必然停一停车,买一尺胡桃云片带回去吃。这种茶食是否松江的名物,我没有调查过。我是有一回同一个朋友在望江楼喝茶,想买些点心吃吃，偶然在隔壁的茶食店里发现的。发现以后，我每次携了藤箧坐黄包车出城的时候必定要买。后来成为定规，那店员看见我的车子将停下来，就先向橱窗里拿一尺糕来称分量。我走到柜上，不必说话，只需摸出一块钱来等他找我。他找我的有时两角小洋，有时只几个铜板，视糕的分量轻重而异。每月的糕钱约占了我的薪水的十二分之一。我为什么肯拿薪水的十二分之一来按星期致送这糕店呢？因为这种糕实有使我欢喜之处，且听我说：

云片糕，这个名词高雅得很。"云片"二字是糕的色彩形状的印象的描写。其白如云，其薄如片，名之曰"云片"，真是高雅而又适当。假如有一片糕向空中不翼而飞，我们大可用古人"白云一片去悠悠"之句来题赞这景象。但我还以为这名词过于象征了些。因为糕的厚薄固然宜于称片，但就糕的轮廓的形状上看，对于上面的"云"字似觉不切。这糕的四边是直线，四根直线围成一个长方形。用直线围成的长方形来比拟天际缭绕不定的云，似乎过于象征而有些牵强了。若把"云片"二字专用于胡桃云片上，那么我就另有一种更有趣味的看法。

胡桃云片,本是加有胡桃的云片糕的意思。想象它的制法,大约是把一块一块的胡桃肉装入米粉里,做成一段长方柱形,然后用刀切成薄薄的片。这样一来,每一片糕上都有胡桃肉的各种各样的切断面的形状。胡桃肉的形体本是非常复杂,现在装入糕中而切成片子,就因了它的位置、方向,及各部形体的不同,而在糕片上显出变化多样的形象来。试切下几片糕来,不要立刻塞进口里,先来当作小小的画片观赏一下。有许多极自然的曲线,描出变化多样的形象,疏疏密密地排列在这些小小的画片上。倘就各个形象看:有的像果物,有的像人形,有的像鸟兽,还有许多像台湾。就全体看:有时像蠹鱼钻过的古书,有时像别的世界的地图,有时像古代的象形文字,然而大都疏密无定,颇像现在窗外的散布着秋云的天空。古人诗云:"人似秋云散处多。"秋天的云,大都是一朵一朵地分散而疏密无定的。这颇像胡桃云片上的模样。故我每吃胡桃云片便想起秋天,每逢秋天便想吃胡桃云片。根据了这看法而称这种糕曰"胡桃云片",岂不更为雅致适切而更有趣味吗?

松江人似乎曾在胡桃云片上发现了这种画意的。他们所制的糕,不像别处的产物似的仅在云片中嵌入胡桃肉,他们在糕的四周用红色的线条作一黄金律的缘,而把胡桃的断面装点在这缘线内。这宛如在一幅中国画上加了装裱,或是在一幅西洋画上加了镜框,画的意趣更加焕发了。这些胡桃肉受了缘的隔离,已与实际的世间绝缘,不复是可食的胡桃肉,而成为独立的美的形体了。

因这缘故,松江的胡桃云片使我特别欢喜。辞了松江的教职以后,我不能常得这种胡桃糕,但时时要想念它——例如今天凭窗闲眺而望天际散布的秋云的时候。读者也许要笑:"你在想吃松江胡桃糕,何必絮絮叨叨地说出这一大篇!"不,不,我要吃糕很容易:到江湾街上去买两百文胡桃肉,七个铜板云片糕,拿回家来用糕包裹胡桃肉,闭了眼睛塞进嘴里,嚼起来味道和松江胡桃云片完全一样。我的想念松江胡桃云片,是为了想看。至少,半是为了想看,半是为了想吃。若要说吃,我吃这种糕是并用了眼睛和嘴巴而吃的。

我们中国的市上,仅用嘴巴吃的东西太多了。因此使我拿薪水的十二分之一来按星期致送松江的糕店,又使我在江湾的窗际遥遥地想念松江的胡桃云片。我希望我国到处的市上，并用眼睛和嘴巴来吃的东西渐渐多起来。不但嘴吃的东西，身体各部所用的东西，也都要教眼睛参加进去才好。我又希望我国到处的市上，并用眼睛和身体来用的东西也渐渐多起来。

1932 年 11 月 1 日

水晶虾饼

梁实秋

虾,种类繁多。《尔雅翼》所记:"闽中五色虾,长尺余,具五色。梅虾,梅雨时有之。芦虾,青色,相传芦苇所变。……泥虾,相传稻花变成,多在泥田中。……又海中有虾姑,状如蜈蚣,云'管虾'。"芦苇稻花会变虾,当然是神话。

虾不在大,大了反倒不好吃。龙虾一身铠甲,须爪戟张,样子十分威武多姿,可是剥出来的龙虾肉,只合做沙拉,其味不过尔尔。大抵咸水虾,其味不如淡水虾。

虾要吃活的,有人还喜活吃。西湖楼外楼的"炝活虾",是在湖中用竹篓养着的,临时取出,欢蹦乱跳,剪

去其须、吻、足、尾,放在盘中,用碗盖之。食客微启碗沿,以箸夹取之,在旁边的小碗酱油、麻油、醋里一蘸,送到嘴边用上下牙齿一咬,像嗑瓜子一般,吮而食之。吃过把虾壳吐出,犹咕咕囔囔地在动。有时候嫌其过分活跃,在盘里泼进半杯烧酒,虾乃颓然醉倒。据闻有人吃活虾不慎,虾一跃而戳到喉咙里,几致丧生。生吃活虾不算稀奇,我还看见过有人生吃活螃蟹呢!

呛活虾,我无福享受。我只能吃油爆虾、盐焗虾、白灼虾。若是嫌剥壳麻烦,就只好吃炒虾仁、烩虾仁了。说起炒虾仁,做得最好的是福建馆子。记得北平西长安街的忠信堂是北平唯一有规模的闽菜馆,做出来的清炒虾仁不加任何配料，满满一盘虾仁，鲜明透亮，而且软中带脆。闽人善治海鲜当推独步。烩虾仁则是北平饭庄的拿手，馆子做不好。饭庄的酒席上四小碗其中一定有烩虾仁，羼一点荸荠丁，勾芡，一切恰到好处。这一炒一烩，全是靠使油及火候，灶上的手艺一点也含糊不得。

虾仁剁碎了就可以做炸虾球或水晶虾饼了。不要以为剁碎了的虾仁就可以用不新鲜的剩货充数，瞒不了知味的吃客。吃馆子的老主顾，堂倌也不敢怠慢，时常会用他的山东腔说："二爷！甭起虾夷儿了，虾夷儿不信香。"（不用吃虾仁了，虾仁不新鲜。）堂倌和吃客合作无间。

水晶虾饼是北平锡拉胡同玉华台的杰作。和一般的炸虾球不同。一定要用白虾，通常是青虾比白虾味美，但是做水晶虾饼非白虾不可，为的是做出来颜色纯白。七分虾肉要加三分猪板油，放在一起剁碎，不要碎成泥，加上一点点芡粉、葱汁、姜汁，捏成圆球，略按成厚厚的小圆饼状，下油锅炸，要用猪油，用温油，炸出来白如凝脂，温如软玉，入口松而脆。蘸椒盐吃。

自从我知道了水晶虾饼里大量羼猪油，就不敢常去吃它。连带着对一般馆子的炸虾球，我也有戒心了。

鳜鱼

汪曾祺

读《徐文长佚草》,有一首《双鱼》:

如罽鳜鱼如栉鲋,鬐张腮呷跳纵横。
遗民携立岐阳上,要就官船脍具烹。
青藤道士画并题。鳜鱼不能屈曲,如僵蹶也。罽音计,即今花毯,其鳞纹似之,故曰罽鱼。鲫鱼群附而行,故称鲋鱼。旧传败栉所化,或因其形似耳。

这是一首题画诗。使我发生兴趣的是诗后的附注。鳜鱼为什么叫做鳜鱼呢?是因为它"不能屈曲,如僵蹶也"。

此说似有理。鳜鱼是不能屈曲的,因为它的脊刺很硬。但又觉得有些勉强,有点像王安石的《字说》。这种解释我没有听说过,很可能是徐文长自己琢磨出来的。但说它为什么又叫罽鱼,是有道理的。附注里的"即今花毬","毬"字肯定是刻错了或排错了的字,当作"毯"。"罽"是杂色的毛织品,是一种衣料。《汉书·高帝纪下》:"贾人毋得衣锦绣、绮縠、絺纻、罽。"这种毛料子大概到徐文长的时候已经没有了,所以他要注明"即今花毯"。其实罽有花,却不是毯子。用毯子做衣服,未免太厚重。用当时可见的花毯来比罽,原也是没有办法的办法。而且罽或缏,这个字十六世纪认得的人就不多了,所以徐文长注曰"音计"。鳜鱼有些地方叫作"鳟花鱼",如松花江畔的哈尔滨和我的家乡高邮。北京人则反过来读成"花鳟"。叫做"鳟花"是没有讲的。正字应写成"罽花"。鳜鱼身上有杂色斑点,大概古代的罽就是那样。不过如果有哪家饭馆里的菜单上写出"清蒸罽花鱼",绝大部分顾客一定会不知道这是什么东西。即使写成"鳜鱼",有人怕也不认识,很可能念成"厥鱼"(今音)。我小时候有一位老师教我们张志和的《渔父》,"西塞山前白鹭飞,桃花流水鳜鱼肥",

就把"鳜鱼"读成"厥鱼"。因此，现在很多饭馆都写成"桂鱼"。其实这是都可以的吧，写成"鳟花鱼""桂鱼"，都无所谓，只要是那个东西。不过知道"鳜花鱼"的由来，也不失为一件有趣的事。

鳜鱼是非常好吃的。鱼里头，最好吃的，我以为是鳜鱼。刀鱼刺多，鲥鱼一年里只有那么几天可以捕到。堪与鳜鱼匹敌的，大概只有南方的石斑，尤其是青斑，即"灰鼠石斑"。鳜鱼刺少，肉厚。蒜瓣肉。肉细，嫩，鲜。清蒸、干烧、糖醋、做松鼠鱼，皆妙。氽汤，汤白如牛乳，浓而不腻，远胜鸡汤鸭汤。我在淮安曾多次吃过"干炸鳟花鱼"。二尺多长的活治整鳜鱼入大锅滚油干炸，蘸椒盐，吃了令人咋舌。至今思之，只能如张岱所说："酒醉饭饱，惭愧惭愧！"

鳜鱼的缺点是不能放养，因为它是吃鱼的，"大鱼吃小鱼"。其实吃鱼的鱼并不多，据我所知，吃鱼的鱼，只有几种：鳜鱼、鲖鱼、黑鱼（鲨鱼、鲸鱼不算）。鲖鱼本名鲍。《本草纲目·鳞部四》："北人呼鳠，南人呼鲍，并与鲖音相近，迩来通称鲖鱼，而鳠、鲍之名不彰矣。"黑鱼本名乌鳢。现在还有这么叫的。林斤澜《矮凳桥风情》

里写了乌鳢,有人看了以为这是一种带神秘色彩的古怪东西,其实即黑鱼而已。

　　凡吃鱼的鱼,生命力都极顽强。我小时曾在河边看人治黑鱼,内脏都掏空了,此黑鱼仍能跃入水中游去。我在小学时垂钓,曾钓着一条大黑鱼,心里喜欢得怦怦跳,不料大黑鱼把我的钓线挣断,嘴边挂着鱼钩和挺长的一截线游走了!

1987 年 7 月 8 日

西红柿

老舍

所谓番茄炒虾仁的番茄,在北平原叫作西红柿,在山东各处则名为洋柿子,或红柿子。想当年我还梳小辫、系红头绳的时候,西红柿还没有番茄这点威风。它的价值,在那不文明的时代,不过与"赤包儿"相等,给小孩儿们拿着玩玩而已。大家作"娶姑娘扮姐姐"玩耍的时节,要在小板凳上摆起几个红胖发亮的西红柿,当作喜筵,实在漂亮。可是,它的价值只是这么点,而且连这一点还不十分稳定,至于在大小饭铺里,它是完全没有份儿的。这种东西,特别是在叶子上,有些不得人心的臭味——按北平的话说,这叫作"青气味儿"。所谓"青气味儿",就是草木发出来的那种不好闻的味道,如楮树叶儿和一些青草,都是有些气味的。可怜的西红柿,果实是那么鲜丽,而被这个味儿给累住,像个有狐臭的美人。不要说是吃,就是当"花儿"看,它也是没有"凉水茄""番椒"等那种可以与美人蕉、翠雀儿等草花同在街上售卖的资格。小孩儿拿它玩耍,仿佛也是出于不得已;这种玩艺儿好玩不好吃,不像落花生或枣子那样可以"吃玩两便"。其实呢,西红柿的味道并不像它的叶子那么臭恶,而且不比臭豆腐难吃,可是那股青气味儿到底要了它的命。除了这点味道,恐怕它的失败在于它那点四不像的劲儿:拿它当果子看待,它甜不如果,脆不如瓜;拿它当菜吃,煮熟之后屁味没有,稀松一堆,没点"嚼头";它最宜生吃,可是那股味儿,不果不瓜不菜,亦可以休矣!

西红柿转运是在近些年,"番茄"居然上了菜单,由英法大菜馆而渐渐侵入中国饭铺,连山东馆子也要报一报"番茄虾银(仁)儿"!文化的侵略哟,门牙也挡不住呀!可是细一看呢,饭馆里的番茄这个与那个,大概都是加上了点番茄汁儿,粉红怪可看,且不难吃;至于整个的鲜番茄,还没多少人肯大嘴的啃。肯生吞它的,或者还得算留

过洋的人们和他们的儿女,到底他们的洋味地道些。近来西医宣传西红柿里含有维他命 A 至 W,可是必须生吃,这倒有点别扭。不过呢,国人是最注意延年益寿、滋阴补肾的东西,或者这点青气味儿也不难于习惯下来的。

吃莲花的

老舍

少见则多怪,真叫人愁得慌!谁能都知都懂?就拿相对论说吧,到底怎样相对?是像哼哈二将那么相对,还是像情人要互吻时那么面面相对?我始终弄不清!况且,还要"论"呢。一向不晓得哼哈二将会作论;至于情人互吻而必须作论,难道情人也得"会考"?

这且不提。拿些小事说"眼生"就要恶意的发笑,"眼熟"的事儿是对的,至少也比"眼生"的文明些。中国人用湿毛巾擦脸,英美人用干的;中国人放伞头朝上,西洋鬼子放伞头朝下;于是据洋鬼子看,他们文明,我们是头朝下活着。少见多怪,"怪"完了还自是自高一下,愁人得慌!

这且不提。听说广东人吃狗。每逢有广东朋友来,我总把黄子藏到后院去。可是据我所知道的广东朋友们,还没有一位向我要求过:"来,拿黄子开开斋!"没有。可是,黄子还是在后院保险。

这且不提。虽然我不"大"懂相对论——不是一点也不懂,说不定它还就许是像哼哈二将那样的对立——可是我天性爱花草。盆花数十种,分对列于庭中,大概我不见得一定比爱因司坦①低下着多少。不,或者我比他还高着些。他会相对——和他的夫人相对而坐,也许是——而且会论——和他的夫人论些家长里短什么的。我呢,会种花。我与他各有一出拿手戏,谁也不高,谁也不低。他要是不服气的话,他骂我,我也会骂他。相对论,我得承认他的优越;相对骂,不定谁行呢!这样,我与他本是"肩膀齐为弟兄",他不用吹,我用不着谦卑。可是,我的盆花是成对摆列着的,兰对兰,菊对菊,盆盆相对,只欠着一个"论";那么,我比他强点!

---

① 爱因司坦,今译"爱因斯坦"。

这且不提——就使我真比爱因司坦强,也是心里的劲,不便大吹大擂的宣传,我不是好吹的人;何必再提?今年我种了两盆白莲。盆是由北平搜寻来的,里外包着绿苔,至少有五六十岁。泥是由黄河拉来的。水用趵突泉的。只是藕差点事,吃剩下来的菜藕。好盆好泥好水敢情有妙用,菜藕也不好意思了,长吧,开花吧,不然太对不起人!居然,拔了梗,放了叶,而且开了花。一盆里七八朵,白的!只有两朵,瓣尖上有点红,我细细的用檀香粉给涂了涂,于是全白。作诗吧,除了作诗还有什么办法?专说"亭亭玉立"这四个字就被我用了七十五次,请想我作了多少首诗吧!

这且不提。好几天了,天天门口卖菜的带着几把儿白莲。最初,我心里很难过。好好的莲花和茄子冬瓜放在一块,真!继而一想,若有所悟。啊,济南名士多,不能自己"种"莲,还不"买"些用古瓶清水养起来,放在书斋?是的,一定是这样。

这且不提。友人约游大明湖,"去买点莲花来!"他说。"何必去买,我的两盆还不可观?"我有点不痛快,心里说:"我自种的难道比不上湖里的?真!"况且,天这么热,游湖更受罪,不如在家里,煮点毛豆角,喝点莲花白,作两首诗,以自种白莲为题,岂不雅妙?友人看着那两盆花,点了点头。我心里不用提多么痛快了;友人也很雅哟!除了作新诗向来不肯用这"哟",可是此刻非用不可了!我忙着吩咐家中煮毛豆角,看看能买到鲜核桃不。然后到书房去找我的诗稿。友人静立花前,欣赏着哟!

这且不提。及至我从书房回来一看,盆中的花全在友人手里握着呢,只剩下两朵快要开败的还在原地未动。我似乎忽然中了暑,天旋地转,说不出话。友人可是很高兴。他说:"这几朵也对付了,不必到湖中买去了。其实门口卖菜的也有,不过没有湖上的新鲜便宜。你这些不很嫩了,还能对付。"他一边说着,一边奔了厨房。"老田,"他叫着我的总管事兼厨子,"把这用好香油炸炸。外边的老瓣不要,炸里边那嫩的。"老田是我由北平请来的,和我一样不懂济南的典故,他以为香油炸莲瓣是什么偏方呢。"这治什么病,烫伤?"他问。友人笑了。"治烫伤?吃!美极了!没看见菜挑子上一把一把儿的卖吗?"

这且不提。还提什么呢,诗稿全烧了,所以不能附录在这里。

羊肝饼

周作人

有一件东西,是本国出产的,被运往外国经过四五百年之久,又运了回来,却换了别一个面貌了。这在一切东西都是如此,但在吃食有偏好关系的物事,尤其显著,如有名茶点的"羊羹",便是最好的一例。

"羊羹"这名称不见经传,一直到近时北京仿制,才出现市面上。这并不是羊肉什么做的羹,乃是一种净素的食品,系用小豆做成细馅,加糖精制而成,凝结成块,切作长物,所以实事求是,理应叫作"豆沙糖"才是正办。但是这在日本(因为这原是日本仿制的食品)一直是这样写,他们也觉得费解,加以说明,最近理的一种说法是,这种豆沙糖在中国本来叫作羊肝饼，因为饼的颜色相像，传到日本，不知因何传讹，称为羊羹了。虽然在中国查不出羊肝饼的故典，未免缺恨，不过唐朝时代的点心有哪几种，至今也实难以查清，所以最好承认，算是合理的说明了。

传授中国学问技术去日本的人，是日本的留学僧人，他们于学术之外，还把些吃食东西传过去。羊肝饼便是这些和尚带回去的食品，在公历十五六世纪"茶道"发达时代，便开始作为茶点而流行起来。在日本文化上有一种特色，便是"简单"，在一样东西上精益求精的干下来，在吃食上也有此风，于是便有一家专做羊肝饼（羊羹）的店，正如做昆布（海带）的也有专门店一样。结果是"羊羹"大大的有名，有纯粹豆沙的，这是正宗，也有加栗子的，或用柿子做的，那是旁门，不足重了。现在说起日本茶食，总第一要提出"羊羹"，不知它的祖宗是在中国，不过一时无可查考罢了。

近时在中国市场上，又查着羊肝饼的子孙，仍旧叫作"羊羹"，可是已经面目全非——因为它已加入西洋点心的队伍里去了。它脱去了"简单"的特别衣服，换上了时髦装束，做成"奶油""香草"，各种果品的种类。我希望它至少还保留一种，有小豆的清香的纯豆沙的羊羹，熬得久一点，可以经久不变，却不可复得了。倒是做冰棍（上海叫棒冰）的在各式花样之中，有一种小豆的，用豆沙做成，很有点羊肝饼的意思，觉得是颇可吃得，何不利用它去制成一种可口的吃食呢。

荔枝蜜

杨朔

花鸟草虫,凡是上得画的,那原物往往也叫人喜爱。蜜蜂是画家的爱物,我却总不大喜欢。说起来可笑。孩子时候,有一回上树掐海棠花,不想叫蜜蜂螫了一下,痛得我差点儿跌下来。大人告诉我说:蜜蜂轻易不螫人,准是误以为你要伤害它,才螫。一螫,它自己耗尽生命,也活不久了。我听了,觉得那蜜蜂可怜,原谅它了。可是从此以后,每逢看见蜜蜂,感情上疙疙瘩瘩的,总不怎么舒服。

今年四月,我到广东从化温泉小住了几天。四围是山,怀里抱着一潭春水,那又浓又翠的景色,简直是一幅青绿山水画。刚去的当晚,是个阴天,偶尔倚着楼窗一望:奇怪啊,怎么楼前凭空涌起那么多黑黝黝的小山,一重一重的,起伏不断。记得楼前是一片比较平坦的园林,不是山。这到底是什么幻景呢?赶到天明一看,忍不住笑了。原来是满野的荔枝树,一棵连一棵,每棵的叶子都密得不透缝,黑夜看去,可不就像小山似的。

荔枝也许是世上最鲜最美的水果。苏东坡写过这样的诗句:"日啖荔枝三百颗,不辞长作岭南人。"可见荔枝的妙处。偏偏我来的不是时候,满树刚开着浅黄色的小花,并不出众。新发的嫩叶,颜色淡红,比花倒还中看些。从开花到果子成熟,大约得三个月,看来我是等不及在从化温泉吃鲜荔枝了。

吃鲜荔枝蜜,倒是时候。有人也许没听说这稀罕物儿吧?从化的荔枝树多得像汪洋大海,开花时节,满野嘤嘤嗡嗡,忙得那蜜蜂忘记早晚,有时趁着月色还采花酿蜜。荔枝蜜的特点是成色纯,养分大。住在温泉的人多半喜欢吃这种蜜,滋养精神。热心肠的同志为我也弄到两瓶。一开瓶子塞儿,就是那么一股甜香;调上半杯一喝,甜香里带着股清气,很有点鲜荔枝味儿。喝着这样的好蜜,你会觉得生活都是甜的呢。

我不觉动了情,想去看看自己一向不大喜欢的蜜蜂。

荔枝林深处,隐隐露出一角白屋,那是温泉公社的养蜂场,却起了个有趣的名儿,叫"蜜蜂大厦"。正当十分春色,花开得正闹。一走进"大厦",只见成群结队的蜜蜂出出进进,飞去飞来,那沸沸扬扬的情景,会使你想:说不定蜜蜂也在赶着建设什么新生活呢。

养蜂员老梁领我走进"大厦"。叫他老梁,其实是个青年人,举动很精细。大概是老梁想叫我深入一下蜜蜂的生活,小小心心揭开一个木头蜂箱,箱里隔着一排板,每块板上满是蜜蜂,蠕蠕地爬着。蜂王是黑褐色的,身量特别细长,每只蜜蜂都愿意用采来的花精供养它。

老梁叹息似的轻轻说:"你瞧这群小东西,多听话。"

我就问道:"像这样一窝蜂,一年能割多少蜜?"

老梁说:"能割几十斤。蜜蜂这物件,最爱劳动。广东天气好,花又多,蜜蜂一年四季都不闲着。酿得蜜多,自己吃得可有限。每回割蜜,给它们留一点点糖,够它们吃的就行了。它们从来不争,也不计较什么,还是继续劳动、继续酿蜜,整日整月不辞辛苦……"

我又问道:"这样好蜜,不怕什么东西来糟害么?"

老梁说:"怎么不怕?你得提防虫子爬进来,还得提防大黄蜂。大黄蜂这贼最恶,常常落在蜜蜂窝洞口。专干坏事。"

我不觉笑道:"噢!自然界也有侵略者。该怎么对付大黄蜂呢?"

老梁说:"赶!赶不走就打死它。要让它待在那儿,会咬死蜜蜂的。"

我想起一个问题,就问:"可是呢,一只蜜蜂能活多久?"

老梁回答说:"蜂王可以活三年,一只工蜂最多能活六个月。"

我说:"原来寿命这样短。你不是总得往蜂房外边打扫死蜜蜂么?"

老梁摇一摇头说:"从来不用。蜜蜂是很懂事的,活到限数,自己就悄悄死在外边,再也不回来了。"

我的心不禁一颤:多可爱的小生灵啊,对人无所求,给人的却是极好的东西。蜜蜂是在酿蜜,又是在酿造生活;不是为自己,而是在为人类酿造最甜的生活。蜜蜂是渺小的，蜜蜂却又多么高尚啊！

透过荔枝树林，我沉吟地望着远远的田野，那儿正有农民立在水田里，辛辛勤勤地分秧插秧。他们正用劳力建设自己的生活，实际也是在酿蜜——为自己，为别人，也为后世子孙酿造着生活的蜜。

这黑夜，我做了个奇怪的梦，梦见自己变成一只小蜜蜂。

1960 年

辑二

最是烟火抚人心

蜀黍

王统照

收拾旧书，发现了前几年为某半月刊上所作的一篇短文，题目是"青纱帐"。文中说到已死去十多年的我的一个族人曾为高粱作过一首诗，诗是：

> 高粱高似竹，遍野参差绿。
> 粒粒珊瑚珠，节节琅玕玉。

我再看一遍，觉得那篇文字专对"青纱帐"这个名词上写去，对于造成青纱帐的高粱反说得较少，所以这次另换了"蜀黍"二字作为新题目，重写一篇。

在北方的乡下看惯了，吃惯了，谁也晓得甚么是高粱。不待解说。但不要太看轻了，只就它名字上说起来，便有不同的说法。不是么？"秫秫"是乡下最通俗的叫法，甚么"锄几遍秫秫，打秫秸叶，秫秫晒米了"。这些普通话，按着时候在农民的口中准可听到。"高粱"自然是为它比一切的谷类都高出的缘故，不过"粱"字便有了疑问。曰谷，曰粱，曰粟，统是呼谷的种种名目。"粱"，据前人的解释是："米名也，按即粟也，糜也，苣也，谓小米之大而不粘者，其细而粘者谓之黍。"不过这等说法是不是指的现在的高粱？原来中国的谷类分别为九：黍、稷、粱、秫、稻、麦、菽、麻、菇。不过这里所谓"粱"即糜与苣，小米之粗而不粘者，与"秫秫"无关，而所谓"秫"者是否是高粱。也是疑问。为要详辨那要专成一篇考证文字，暂且不提。不过习俗相沿却以高粱的名称最为普遍，好在一个"高"字足以代表出它的特性，确是很好的形容词。

但是"蜀黍"从张华的《博物志》上才有此二字的名称。原文没说那是高粱，后来有人以为蜀黍即是稷。直到段玉裁《说文解字注》方把从前所谓蜀黍即稷说加以改正，他说："汉人皆冒粱为稷，而稷为秫秫，鄙人能通其音者士大夫不能举其字。"以前全被"秫""粱"二字混了。蜀黍即秫秫（高粱），却非黍类！高粱是俗名，亦非粱类。黍粒细小多粘性（亦有不粘者），而"餍膏粱"之"粱"字，必不是指的秫秫这类乡间的粗食。《礼记》曰："粱曰芗萁。"《国语》曰："夫膏粱之性难正也。"注："食之精者。"这是指现在所见小米之大而粘者，与秫秫当然不是一类。"蜀黍"二字在古书中见不到，朱骏声曰：

今之高粱三代时其种未必入中国，亦谓之蜀黍，又曰蜀秫。其实与粱、秫、黍、稷均无涉也。

朱氏虽然没考出高粱究竟是甚么时候有的这种农产品，而与"粱、秫、黍、稷均无涉也"，可谓一语破的。

如像此说法何以称为蜀黍？或是由蜀地中传过来的种粒？但没有证据，只是字面的推测，自然有待于考证。

乡间人不懂这些分门别类、音义兼通种种名词，不过习俗相沿，循名求实，亦自有道理。譬如"种秫谷"三字连用可以单呼为秫。至去谷呼高粱，则必凑以双音曰秫秫。谷成通名，亦为专名，如"五谷""百谷"，虽与乡下人说此，亦明其义。如"割谷、晒谷、粜谷"是专指带糠秕的小米而言，其实便是"粱"。至于"秫"字指高粱必须双用，曰秫秫，不能单叫一音。有人说是北地呼蜀黍音重，即为秫秫。是吗？蜀黍果然是原来传自南方吗？这却又是一个重大的疑问。

好了，由青纱帐谈到高粱；由高粱转到蜀黍，再照这样写下去真成了植物考证了。不过因为习叫久了的名称与字义上的研究微有不同，所以略述如上。

单讲高粱这种农产食物，我欢迎它的劲节直上，不屈不挠；我赞美它的宽叶，松穗，风度阔大；尤其可爱的是将熟的红米迎风飐动，真与那位诗人所比拟的珊瑚珠相似，在秋阳中露出它的成熟丰满来。高粱在夏日中的勃生，比其他农产物都快得多多。雩娄农说：

久旱而澍则禾骤长，一夜几逾尺。

虽曰文人的形容不无甚词，而高粱的勃生可是事实，几天不见，在田地中骤高几许。其生长力绝非麦、谷、豆类所能比拟。

高粱在北方不但是农家的主要食品,而且它具有种种用处:如秫秸与根可为燃料,秫秸秆可以勒床,可作菜圃中冬日的风帐,秆皮劈下可以编成贱价的席子,论其全体绝无弃物。

高粱米吃法甚多:煮粥,煎饼,与小米、豆子相合蒸窝窝头。而最大的用处是造酒,这类高粱酒在北方固然是无处不通行,而南方亦有些地方嗜饮且能酿造。如果有细密的调查便知高粱除却供给农民一部分的食用外,造酒要用多少,这怕是一个可惊的数目!

粗糙是有的,可颇富于滋养力。爽直是它的特性,却不委琐,不柔靡,易生,易熟,不似别的农产品娇弱。这很具有北方性。与北方的地理与气候特别适宜。它能以抵抗稍稍的亢旱,也不怕水潦,除却大水没了它的全身。

记得幼小时候见人家背了打过的秫秸叶,便要几个来拿在手里,摹仿舞台上的英雄挥动单刀,那长长的宽叶子确像一把薄刀。新秫秸剥去外皮,光滑、红润,有一种全紫色的尤为美丽可爱。

至于不成熟的高粱穗苞,名叫"灰包"。小孩子在其嫩时取下来食之甘脆，偶然吃着成熟过的，弄一嘴黑丝，或成灰堆，蹙眉下咽，亦多趣味。

但是这在北方乡下是很平常的小孩子的玩具与食品，同都市的孩子们谈起来却成为"异闻"了。

吃瓜子

丰子恺

从前听人说,中国人人人具有三种博士的资格:拿筷子博士、吹煤头纸①博士、吃瓜子博士。

拿筷子,吹煤头纸,吃瓜子,的确是中国人独得的技术。其纯熟深造,想起了可以使人吃惊。这里精通拿筷子法的人,有了一双筷,可抵刀锯叉瓢一切器具之用,爬罗剔抉,无所不精。这两根毛竹仿佛是身体上的一部分,手指的延长,或者一对取食的触手。用时好像变戏法者的一种演技,熟能生巧,巧极通神。不必说西洋了,就是我

---

① 煤头纸,指卷成纸筒后用以引火的一种薄纸。

们自己看了，也可惊叹。至于精通吹煤头纸法的人，首推几位一天到晚捧水烟筒的老先生和老太太。他们的"要有火"比上帝还容易，只消向煤头纸上轻轻一吹，火便来了。他们不必出数元乃至数十元的代价去买打火机，只要有一张纸，便可临时在膝上卷起煤头纸来，向铜火炉盖的小孔内一插，拔出来一吹，火便来了。我小时候看见我们染坊店里的管帐先生，有种种吹煤头纸的特技。我把煤头纸高举在他的额旁边了，他会把下唇伸出来，使风向上吹；我把煤头纸放在他的胸前了，他会把上唇伸出来，使风向下吹；我把煤头纸放在他的耳旁了，他会把嘴歪转来，使风向左右吹；我用手按住了他的嘴，他会用鼻孔吹，都是吹一两下就着火的。中国人对于吹煤头纸技术造诣之深，于此可以窥见。所可惜者，自从卷烟和火柴输入中国而盛行之后，水烟这种"国烟"竟被冷落，吹煤头纸这种"国技"也很不发达了。生长在都会里的小孩子，有的竟不会吹，或者连煤头纸这东西也不曾见过。在努力保存国粹的人看来，这也是一种可虑的现象。近来国内有不少人努力于国粹保存。国医、国药、国术、国乐，都有人在那里提倡。也许水烟和煤头纸这种国粹，将来也有人起来提倡，使之复兴。

但我以为这三种技术中最进步最发达的，要算吃瓜子。近来瓜子大王的畅销，便是其老大的证据。据关心此事的人说，瓜子大王一类的装纸袋的瓜子，最近市上流行的有许多牌子。最初是某大药房"用科学方法"创制的，后来有什么"好吃来公司""顶好吃公司"……等种种出品陆续产出。到现在差不多无论哪个穷乡僻处的糖食摊上，都有纸袋装的瓜子陈列而倾销着了。现代中国人的精通吃瓜子术，由此盖可想见。我对于此道，一向非常短拙，说出来有伤于中国人的体面，但对自家人不妨谈谈。我从来不曾自动地找求或买瓜子来吃。但到人家作客，受人劝诱时；或者在酒席上、杭州的茶楼上，看见桌上现成放着瓜子盆时，也便拿起来咬。我必须注意选择，选那较大、较厚，而形状平整的瓜子，放进口里，用臼齿"格"地一咬，再吐出来，用手指去剥。幸而咬得恰好，两瓣瓜子壳各向两旁扩张而破裂，瓜仁没有咬碎，剥起来就较为省力。若用力不得其法，两瓣瓜子壳和瓜仁叠在一起而折断了，吐出来的时候我就担忧。那瓜子已纵断为两半，两半瓣的瓜仁紧紧地装塞在两半瓣的瓜子壳中，好像日本版的洋装书，套在很紧的厚纸函中，不容易取它出来。这种洋装书的取出法，现在都已从日本人那里学得，不要把指头塞进厚纸函中去力挖，只要使函口向下，两手扶着函，上下振动数次，洋装书自会脱壳而出。然而半瓣瓜子的形状太小了，不能应用这个方法，我只得用指爪细细地剥取。有时因为练习弹琴，两手的指爪都剪平，和尚头一般的手指对它简直毫无办法。我只得乘人不见把它抛弃了。在痛感困难的时候，我本拟不再吃瓜子了。但抛弃了之后，觉得口中有一种非甜非咸的香味，会引逗我再吃。我便不由地伸起手来，另选一粒，再送交臼齿去咬。不幸而这瓜子太燥，我的用力又太猛，"格"地一响，玉石不分，咬成了无数的碎块，事体就更糟了。我只得把粘着唾液的碎块尽行吐出在手心里，用心挑选，剔去壳的碎块，然后用舌尖舐食瓜仁的碎块。然而这挑选颇不容易，因为壳的碎块的一面也是白色的，与瓜仁无异，我误认为全是瓜仁而舐进口中去嚼，其味虽非嚼蜡，却等于嚼砂。壳的碎片紧紧地嵌进牙齿缝里，找不到牙签就无法取出。碰到这种钉子的时候，我就下个决心，从此戒绝瓜子。戒绝之法，大抵是喝一口茶来漱一漱口，点起一支香烟，或者把瓜子盆推开些,把身体换个方向坐了,以示不再对它发生关系。然而过了几分钟,与别人谈了几句话,不知不觉之间,会跟了别人而伸手向盆中摸瓜子来咬。等到自己觉察破戒的时候,往往是已经咬过好几粒了。这样,吃了非戒不可,戒了非吃不可;吃而复戒,戒而复吃,我为它受尽苦痛。这使我现在想起了瓜子觉得害怕。

但我看别人,精通此技的很多。我以为中国人的三种博士才能中,咬瓜子的才能最可叹佩。常见闲散的少爷们,一只手指间夹着一支香烟,一只手握着一把瓜子,且吸且咬,且咬且吃,且吃且谈,且谈且笑。从容自由,真是"交关写意①"!他们不须拣选瓜子,也不须用手指去剥。一粒瓜子塞进了口里,只消"格"地一咬,"呸"地一吐,早已把所有的壳吐出,而在那里嚼食瓜子的肉了。那嘴巴真像一具精巧灵敏的机器,不绝地塞进瓜子去,不绝地"格""呸""格""呸"……全不费力,可以永无罢休。女人们、小姐们的咬瓜子,态度尤加来得美妙:她们用兰花似的手指摘住瓜子的圆端,把瓜子垂直地塞在门牙中间,而

---

① 交关写意,作者家乡话,意即非常惬意、不费力。

用门牙去咬它的尖端。"的，的"两响，两瓣壳的尖头便向左右绽裂。然后那手敏捷地转个方向，同时头也帮着了微微地一侧，使瓜子水平地放在门牙口，用上下两门牙把两瓣壳分别拨开，咬住了瓜子肉的尖端而抽它出来吃。这吃法不但"的，的"的声音清脆可听，那手和头的转侧的姿势窈窕得很，有些儿妩媚动人，连丢去的瓜子壳也模样姣好，有如朵朵兰花。由此看来，咬瓜子是中国少爷们的专长，而尤其是中国小姐、太太们的拿手戏。

在酒席上、茶楼上，我看见过无数咬瓜子的圣手。近来瓜子大王畅销，我国的小孩子们也都学会了咬瓜子的绝技。我的技术，在国内不如小孩子们远甚，只能在外国人面前占胜。记得从前我在赴横滨的轮船中，与一个日本人同舱。偶检行箧，发见亲友所赠的一罐瓜子。旅途寂寥，我就打开来和日本人共吃。这是他平生没有吃过的东西，他觉得非常珍奇。在这时候，我便老实不客气地装出内行的模样，把吃法教导他，并且示范地吃给他看。托祖国的福，这示范没有失败。但看那日本人的练习，真是可怜得很！他如法将瓜子塞进口中，"格"地一咬，然而咬时不得其法，将唾液把瓜子的外壳全部浸湿，拿在手里剥的时候，滑来滑去，无从下手，终于滑落在地上，无处寻找了。他空咽一口唾液，再选一粒来咬。这回他剥时非常小心，把咬碎了的瓜子陈列在舱中的食桌上，俯伏了头，细细地剥，好像修理钟表的样子。约莫一二分钟之后，好容易剥得了些瓜仁的碎片，郑重地塞进口里去吃。我问他滋味如何，他点点头连称"umai，umai（好吃，好吃）"。我不禁笑了出来。我看他那阔大的嘴里放进一些瓜仁的碎屑，犹如沧海中投以一粟，亏他辨出 umai 的滋味来。但我的笑不仅为这点滑稽，本由于骄矜自夸的心理。我想，这毕竟是中国人独得的技术，像我这样对于此道最拙劣的人，也能在外国人面前占胜，何况国内无数精通此道的少爷、小姐们呢？

发明吃瓜子的人，真是一个了不起的天才！这是一种最有效的"消闲"法。要"消磨岁月"，没有比吃瓜子更好的方法了。其所以最有效者，为了它具备三个条件：一、吃不厌；二、吃不饱；三、要剥壳。

俗语形容瓜子吃不厌，叫做"勿完勿歇"。为了它有一种非甜非咸的香味，能引逗人不断地要吃。想再吃一粒不吃了，但是嚼完吞下之后，口中余香不绝，不由你不再伸手向盆中或纸包里去摸。我们吃东西，凡一味甜的，或一味咸的，往往易于吃厌。只有非甜非咸的，可以久吃不厌。瓜子的百吃不厌，便是为此。有一位老于应酬的朋友告诉我一段吃瓜子的趣话：说他已养成了见瓜子就吃的习惯。有一次同了朋友到戏馆里看戏，坐定之后，看见茶壶的旁边放着一包打开的瓜子，便随手向包里掏取几粒，一面咬着，一面看戏。咬完了再取，取了再咬。如是数次，发现邻席的不相识的观剧者也来掏取。方才想起了这包瓜子的所有权。低声问他的朋友："这包瓜子是你买来的么？"那朋友说"不"，他才知道刚才是擅吃了人家的东西，便向邻座的人道歉。邻座的人很漂亮，付之一笑，索性正式地把瓜子请客了。由此可知瓜子这样东西，对中国人有非常的吸引力，不管三七二十一，见了瓜子就吃。

俗语形容瓜子吃不饱，叫做"吃三日三夜，长个屎尖头"。因为这东西分量微小，无论如何也吃不饱，连吃三日三夜，也不过多排泄一粒屎尖头。为消闲计，这是很重要的一个条件。倘分量大了，一吃就饱，时间就无法消磨。这与赈饥的粮食，目的完全相反。赈饥的粮食求其吃得饱，消闲的粮食求其吃不饱。最好只尝滋味而不吞物质。最好越吃越饿，像罗马亡国之前所流行的"吐剂"一样，则开筵大嚼，醉饱之后，咬一下瓜子可以再来开筵大嚼，一直把时间消磨下去。

要剥壳也是消闲食品的一个必要条件。倘没有壳，吃起来太便当，容易饱，时间就不能多多消磨了。一定要剥，而且剥的技术要有声有色，使它不像一种苦工，而像一种游戏，方才适合于有闲阶级的生活，可让他们愉快地把时间消磨下去。

具足以上三个利于消磨时间的条件的，在世间一切食物之中，想来想去，只有瓜子。所以我说发明吃瓜子的人是了不起的天才。而能尽量地享用瓜子的中国人，在消闲一道上，真是了不起的积极的实行家！试看糖食店、南货店里的瓜子的畅销，试看茶楼、酒店、家庭中满地的瓜子壳，便可想见中国人在"格，呸""的，的"的声音中消磨去的时间，每年统计起来为数一定可惊。将来此道发展起来，恐怕是全中国也可消灭在"格，呸""的，的"的声音中呢。

我本来见瓜子害怕，写到这里，觉得更加害怕了。

1934 年 4 月 20 日

结缘豆

周作人

范寅《越谚》卷中风俗门云:

结缘,各寺庙佛生日散钱与丐,送饼与人,名此。

敦崇《燕京岁时记》有"舍缘豆"一条云:

四月八日,都人之好善者取青黄豆数升,宣佛号而拈之,拈毕煮熟,散之市人,谓之舍缘豆,预结来世缘也。谨按《日下旧闻考》,京师僧人念佛号者辄以豆记其数,至四月八日佛诞生之辰,煮豆微撒以盐,邀人于路请食之以为结缘，今尚沿其旧也。

刘玉书《常谈》卷一云：

都南北多名刹，春夏之交，士女云集，寺僧之青头白面而年少者着鲜衣华履，托朱漆盘，贮五色香花豆，蹀躞于妇女襟袖之间以献之，名曰结缘，妇女亦多嬉取者。适一僧至少妇前奉之甚殷，妇慨然大言曰，良家妇不愿与寺僧结缘。左右皆失笑，群妇赧然缩手而退。

就上边所引的话看来，这结缘的风俗在南北都有，虽然情形略有不同。小时候在会稽家中常吃到很小的小烧饼，说是结缘分来的，范啸风所说的饼就是这个。这种小烧饼与"洞里火烧"的烧饼不同，大约直径一寸高约五分，馅用椒盐，以小皋步的为最有名，平常二文钱一个，底有两个窟窿，结缘用的只有一孔，还要小得多，恐怕还不到一文钱吧。北京用豆，再加上念佛，觉得很有意思，不过二十年来不曾见过有人拿了盐煮豆沿路邀吃，也不听说浴佛日寺庙中有此种情事，或者现已废止亦未可知，至于小烧饼如何，则我因离乡里已久不能知道，据我推想或尚在分送，盖主其事者多系老太婆们，而老太婆者乃是天下之最有闲而富于保守性者也。

结缘的意义何在？大约是从佛教进来以后，中国人很看重缘，有时候还至于说得很有点神秘，几乎近于命数。如俗语云，有缘千里来相会，无缘对面不相逢；又小说中狐鬼往来，末了必云缘尽矣，乃去。敦礼臣所云预结来世缘，即是此意。其实说得浅淡一点，或更有意思，例如唐伯虎之三笑，才是很好的缘，不必于冥冥中去找红绳缚脚也。我很喜欢佛教里的两个字，曰业曰缘，觉得颇能说明人世间的许多事情，仿佛与遗传及环境相似，却更带一点儿诗意。日本无名氏诗句云：

虫呵虫呵，难道你叫着，业便会尽了么？

这业的观念太是冷而且沉重，我平常笑禅宗和尚那么超脱，却还挂念腊月二十八，觉得生死事大也不必那么操心，可是听见知了在树上喳喳地叫，不禁心里发沉，真感得这件事恐怕非是涅槃是没有救的了。缘的意思便比较的温和得多，虽不是三笑那么圆满也总是有人情的，即使如库普林在《晚间的来客》所说，偶然在路上看见一双黑眼睛，以至梦想颠倒，究竟逃不出是春叫猫儿猫叫春的圈套，却也还好玩些。此所以人家虽怕造业而不惜作缘欤？若结缘者又买烧饼煮黄豆，逢人便邀，则更十分积极矣，我觉得很有兴趣者盖以此故也。

为什么这样的要结缘的呢？我想，这或者由于不安于孤寂的缘故吧。富贵子嗣是大众的愿望，不过这都有地方可以去求，如财神送子娘娘等处，然而此外还有一种苦痛却无法解除，即是上文所说的人生的孤寂。孔子曾说过，鸟兽不可与同群，吾非斯人之徒而谁与。人是喜群的，但他往往在人群中感到不可堪的寂寞，有如在庙会时挤在潮水般的人丛里，特别像是一片树叶，与一切绝缘而孤立着。

念佛号的老公公老婆婆也不会不感到，或者比平常人还要深切吧，想用什么仪式来施行祓除，列位莫笑他们这几颗豆或小烧饼，有点近似小孩们的"办人家"，实在却是圣餐的面包葡萄酒似的一种象征，很寄存着深重的情意呢。我们的确彼此太缺少缘分，假如可能实有多结之必要，因此我对于那些好善者着实同情，而且大有加入的意思，虽然青头白面的和尚我与刘青园同样的讨厌，觉得不必与他们去结缘，而朱漆盘中的五色香花豆盖亦本来不是献给我辈者也。

我现在去念佛拈豆，这自然是可以不必了，姑且以小文章代之耳。我写文章，平常自己怀疑，这是为什么的：为公乎，为私乎？一时也有点说不上来。钱振锽《名山小言》卷七有一节云：

文章有为我兼爱之不同。为我者只取我自家明白，虽无第二人解，亦何伤哉，老子古简，庄生诡诞，皆是也。兼爱者必使我一人之心共喻于天下，语不尽不止，孟子详明，墨子重复，是也。《论语》多弟子所记，故语意亦简，孔子诲人不倦，其语必不止此。或怪孔明文采不艳而过于丁宁周至，陈寿以为亮所与言尽众人凡士云云，要之皆文之近于兼爱者也。诗亦有之，王孟闲适，意取含蓄，乐天讽谕，不妨尽言。

这一节话说得很好，可是想拿来应用却不很容易，我自己写文章是属于那一派的呢？说兼爱固然够不上。为我也未必然，似乎这里有点儿缠夹，而结缘的豆乃仿佛似之，岂不奇哉？写文章本来是为自己，但他同时要一个看的对手，这就不能完全与人无关系，盖写文章即是不甘寂寞，无论怎样写得难懂，意识里也总期待有第二人读，不过对于他没有过大的要求，即不必要他来做喽啰而已。煮豆微撒以盐而给人吃之，岂必要索厚偿，来生以百豆报我，但只愿有此微末情分，相见时好生看待，不至伥伥来去耳。古人往矣，身后名亦复何足道，唯留存二三佳作，使今人读之欣然有同感，斯已足矣，今人之所能留赠后人者亦止此，此均是豆也。几颗豆豆，吃过忘记未为不可，能略为记得，无论转化作何形状，都是好的，我想这恐怕是文艺的一点效力，他只是结点缘罢了。我却觉得很是满足，此外不能有所希求，而且过此也就有点不大妥当，假如想以文艺为手段去达别的目的，那又是和尚之流矣，夫求女人的爱亦自有道，何为舍正路而不由，乃托一盘豆以图之，此则深为不佞所不能赞同者耳。

1936年9月8日，北平

故乡的野菜

周作人

我的故乡不止一个,我住过的地方都是故乡。故乡对于我并没有什么特别的情分,只因钓于斯游于斯的关系,朝夕会面,遂成相识,正如乡村里的邻舍一样,虽然不是亲属,别后有时也要想念到他。我在浙东住过十几年,南京东京都住过六年,这都是我的故乡;现在住在北京,于是北京就成了我的家乡了。

日前我的妻往西单市场买菜回来,说起有荠菜在那里卖着,我便想起浙东的事来。荠菜是浙东人春天常吃的野菜,乡间不必说,就是城里只要有后园的人家都可以随时采食,妇女小儿各拿一把剪刀一只"苗篮",蹲在地上搜寻，是一种有趣味的游戏的工作。那时小孩们唱道："荠菜马兰头，姊妹嫁在后门头。"后来马兰头有乡人拿来进城售卖了，但荠菜还是一种野菜，须得自家去采。关于荠菜向来颇有风雅的传说，不过这似乎以吴地为主。《西湖游览志》云："三月三日男女皆戴荠菜花。谚云，三春戴荠花，桃李羞繁华。"顾禄的《清嘉录》上亦说：

荠菜花俗呼"野菜花"，因谚有"三月三，蚂蚁上灶山"之语，三日人家皆以野菜花置灶陉上，以厌虫蚁。侵晨村童叫卖不绝。或妇女簪髻上以祈清目，俗号"眼亮花"。

但浙东人却不很理会这些事情，只是挑来做菜或炒年糕吃罢了。

黄花麦果通称鼠曲草，系菊科植物，叶小微圆互生，表面有白毛，花黄色，簇生梢头。春天采嫩叶，捣烂去汁，和粉作糕，称黄花麦果糕。小孩们有歌赞美之云：

黄花麦果韧结结，关得大门自要吃：半块拿弗出，一块自要吃。

清明前后扫墓时，有些人家——大约是保存古风的人家——用黄花麦果作供，但不作饼状，做成小颗如指顶大，或细条如小指，以五六个作一攒，名曰"茧果"，不知是什么意思，或因蚕上山时设祭，也用这种食品，故有是称，亦未可知。自从十二三岁时外出不参与外祖家扫墓以后，不复见过茧果，近来住在北京，也不再见黄花麦果的影子了。日本称作"御形"，与荠菜同为春的七草之一，也采来做点心用，状如艾饺，名曰"草饼"，春分前后多食之，在北京也有，但是吃去总是日本风味，不复是儿时的黄花麦果糕了。

扫墓时候所常吃的还有一种野菜，俗名草紫，通称紫云英。农人在收获后，播种田内，用作肥料，是一种很被贱视的植物，但采取嫩茎瀹食，味颇鲜美，似豌豆苗。花紫红色，数十亩接连不断，一片锦绣，如铺着华美的地毯，非常好看，而且花朵状若胡蝶，又如鸡雏，尤为小孩所喜。间有白色的花，相传可以治痢，很是珍重，但不易得。日本《俳句大辞典》云："此草与蒲公英同是习见的东西，从幼年时代便已熟识。在女人里边，不曾采过紫云英的人，恐未必有罢。"中国古来没有花环，但紫云英的花球却是小孩常玩的东西，这一层我还替那些小人们欣幸的。浙东扫墓用鼓吹，所以少年常随了乐音去看"上坟船里的姣姣"；没有钱的人家虽没有鼓吹，但是船头上篷窗下总露出些紫云英和杜鹃的花束，这也就是上坟船的确实的证据了。

1924年2月

故乡的元宵

汪曾祺

故乡的元宵是并不热闹的。

没有狮子、龙灯,没有高跷,没有跑旱船,没有"大头和尚戏柳翠",没有花担子、茶担子。这些都在七月十五"迎会"——赛城隍时才有,元宵是没有的。很多地方兴"闹元宵",我们那时的元宵却是静静的。

有几年,有送麒麟的。上午,三个乡下的汉子,一个举着麒麟——一张长板凳,外面糊纸扎的麒麟,一个敲小锣,一个打镲,咚咚当当敲一气,齐声唱一些吉利的歌。每一段开头都是"格炸炸":

格炸炸，格炸炸，麒麟送子到你家……

我对这"格炸炸"印象很深。这是什么意思呢？这是状声词？状的什么声呢？送麒麟的没有表演，没有动作，曲调也很简单。送麒麟的来了，一点也不叫人兴奋，只听得一连串的"格炸炸"。"格炸炸"完了，祖母就给他们一点钱。

街上掷骰子"赶老羊"的赌钱的摊子上没有人。六颗骰子静静地在大碗底卧着。摆赌摊的坐在小板凳抱着膝盖发呆。年快过完了，准备过年输的钱也输得差不多了，明天还有事，大家都没有赌兴。

草巷口有个吹糖人的。孙猴子舞大刀、老鼠偷油。

北市口有捏面人的。青蛇、白蛇、老渔翁。老渔翁的蓑衣是从药店里买来的夏枯草做的。

到天地坛看人拉"天嗡子"，即抖空竹，拉得很响，天嗡子蛮牛似的叫。

到泰山庙看老妈妈烧香。一个老妈妈鞋底有牛屎，干了。

一天快过去了。

不过元宵要等到晚上，上了灯，才算。元宵元宵嘛。我们那里一般不叫元宵，叫灯节。灯节要过几天，十三上灯，十七落灯。"正日子"是十五。

各屋里的灯都点起来了。大妈（大伯母）屋里是四盏玻璃方灯。二妈屋里是画了红寿字的白明角琉璃灯，还有一张珠子灯。我的继母屋里点的是红琉璃泡子。一屋子灯光，明亮而温柔，显得很吉祥。

上街去看走马灯。连万顺家的走马灯很大。"乡下人不识走马灯——又来了。"走马灯不过是来回转动的车、马、人（兵）的影子，但也能看它转几圈。后来我自己也动手做了一个，点了蜡烛，看着里面的纸轮一样转了起来，外面的纸屏上一样映出了影子，很欣喜。乾陞和的走马灯并不"走"，只是一个长方的纸箱子，正面白纸上有一些彩色的小人，小人连着一根头发丝，烛火烘热了发丝，小人的手脚会上下动。它虽然不"走"，我们还是叫它走马灯。要不，叫它什么灯呢？这外面的小人是唐僧、孙悟空、猪八戒、沙和尚。整个画面表现的是《西游记》唐僧取经。

孩子有自己的灯。兔子灯、绣球灯、马灯……兔子灯大都是自己动手做的。下面安四个轱辘，可以拉着走。兔子灯其实不大像兔子，脸是圆的，眼睛是弯弯的，像人的眼睛，还有两道弯弯的眉毛！绣球灯、马灯都是买的。绣球灯是一个多面的纸扎的球，有一个篾制的架子，架子上有一根竹竿，架子下有两个轱辘，手执竹竿，向前推移，球即不停滚动。马灯是两段，一个马头，一个马屁股，用带子系在身上。西瓜灯、虾蟆灯、鱼灯，这些手提的灯，是小小孩玩的。

有一个习俗可能是外地所没有的：看围屏。硬木长方框，约三尺高，尺半宽，镶绢，上画工笔的演义小说人物故事，灯节前装好，一堂围屏约三十幅，屏后点蜡烛。这实际上是照得透亮的连环画。看围屏有两处，一处在炼阳观的偏殿，一处在附设在城隍庙里的火神庙。炼阳观画的是《封神榜》，火神庙画的是《三国》。围屏看了多少年，但还是年年看。好像不看围屏就不算过灯节似的。

街上有人放花。

有人放高升（起火），不多的几枝，起火升到天上，嗤——灭了。

天上有一盏红灯笼。竹篾为骨，外糊红纸，一个长方的筒，里面点了蜡烛，放到天上。灯笼是很好放的，连脑线都不用，在一个角上系上线，就能飞上去。灯笼在天上微微飘动，不知道为什么，看了使人有一点薄薄的凄凉。

年过完了，明天十六，所有店铺就"大开门"了。我们那里，初一到初五，店铺都不开门。初六打开两扇排门，卖一点市民必需的东西，叫做"小开门"。十六把全部排门卸掉，放一挂鞭、几个炮仗。叫做"大开门"，开始正常营业。年，就这样过去了。

1993 年 2 月 12 日

豆汁儿

汪曾祺

没有喝过豆汁儿,不算到过北京。

小时看京剧《豆汁记》(即《鸿鸾禧》,又名《金玉奴》,一名《棒打薄情郎》),不知"豆汁"为何物,以为即是豆腐浆。

到了北京,北京的老同学请我吃了烤鸭、烤肉、涮羊肉,问我:"你敢不敢喝豆汁儿?"我是个"有毛的不吃掸子,有腿的不吃板凳,大荤不吃死人,小荤不吃苍蝇"的,喝豆汁儿,有什么不"敢"?他带我去到一家小吃店,要了两碗,警告我说:"喝不了,就别喝。有很多人喝了一口就吐了。"我端起碗来,几口就喝完了。我那同学问:

"怎么样？"我说："再来一碗。"

豆汁儿是制造绿豆粉丝的下脚料。很便宜。过去卖生豆汁儿的，用小车推一个有盖的木桶，串背街、胡同。不用"唤头"（招徕顾客的响器），也不吆唤。因为每天串到哪里，大都有准时候。到时候，就有女人提了一个什么容器出来买。有了豆汁儿，这天吃窝头就可以不用熬稀粥了。这是贫民食物。《豆汁记》的金玉奴的父亲金松是"杆儿上的"（叫花头），所以家里有吃剩的豆汁儿，可以给莫稽盛一碗。

卖熟豆汁儿的，在街边支一个摊子。一口铜锅，锅里一锅豆汁儿，用小火熬着。熬豆汁儿只能用小火，火大了，豆汁儿一翻大泡，就"澥"了。豆汁儿摊上备有辣咸菜丝——水疙瘩切细丝浇辣椒油、烧饼、焦圈——类似油条，但作成圆圈，焦脆。卖力气的，走到摊边坐下，要几套烧饼焦圈，来两碗豆汁儿，就一点辣咸菜，就是一顿饭。

豆汁儿摊上的咸菜是不算钱的。有保定老乡坐下，掏出两个馒头，问"豆汁儿多少钱一碗"，卖豆汁儿的告诉他；"咸菜呢？"——"咸菜不要钱。"——"那给我来一碟咸菜。"

常喝豆汁儿,会上瘾。北京的穷人喝豆汁儿,有的阔人家也爱喝。梅兰芳家有一个时候,每天下午到外面端一锅豆汁儿,全家大小,一人喝一碗。豆汁儿是什么味儿?这可真没法说。这东西是绿豆发了酵的,有股子酸味。不爱喝的说是像泔水,酸臭。爱喝的说:别的东西不能有这个味儿——酸香!这就跟臭豆腐和启司一样,有人爱,有人不爱。

豆汁儿沉底,干糊糊的,是麻豆腐。羊尾巴油炒麻豆腐,加几个青豆嘴儿(刚出芽的青豆),极香。这家这天炒麻豆腐,煮饭时得多量一碗米——每人的胃口都开了。

8 月 16 日

狮子头

梁实秋

狮子头，扬州名菜。大概是取其形似，而又相当大，故名。北方饭庄称之为"四喜丸子"，因为一盘四个。北方做法不及扬州狮子头远甚。

我的同学王化成先生，扬州人，幼失恃，赖姑氏扶养成人，姑善烹调，化成耳濡目染，亦通调和鼎鼐之道。他公余之暇，常亲操刀俎，以娱嘉宾。狮子头为其拿手杰作之一，曾以制作方法见告。

狮子头人人会做，巧妙各有不同。化成教我的方法是这样的——

首先取材要精。细嫩猪肉一大块，七分瘦三分肥，不可有些须筋络纠结于其间。切割之际最要注意，不可切得七歪八斜，亦不可剁成碎泥，其秘诀是"多切少斩"。挨着刀切成碎丁，越碎越好，然后略为斩剁。

次一步骤也很重要。肉里不羼芡粉，容易碎散；加了芡粉，黏糊糊的不是味道。所以调好芡粉要抹在两个手掌上，然后捏搓肉末成四个丸子，这样丸子外表便自然糊上了一层芡粉，而里面没有。把丸子微微按扁，下油锅炸，以丸子表面紧绷微黄为度。

再下一步是蒸。碗里先放一层转刀块冬笋垫底，再不然就横切黄芽白作墩形数个也好。把炸过的丸子轻轻放在碗里，大火蒸一个钟头以上。揭开锅盖一看，浮着满碗的油，用大匙把油撇去，或用大吸管吸去，使碗里不见一滴油。

这样的狮子头，不能用筷子夹，要用羹匙舀，其嫩有如豆腐。肉里要加葱汁、姜汁、盐。愿意加海参、虾仁、荸荠、香蕈，各随其便，不过也要切碎。

狮子头是雅舍食谱中重要的一色。最能欣赏的是当年在北碚的编译馆同仁萧毅武先生，他初学英语，称之为"莱阳海带"，见之辄眉飞色舞。化成客死异乡，墓木早拱矣，思之怃然！

落花生

老舍

我是个谦卑的人。但是,口袋里装上四个铜板的落花生,一边走一边吃,我开始觉得比秦始皇还骄傲。假若有人问我:"你要是作了皇上,你怎么享受呢?"简直的不必思索,我就答得出:"派四个大臣拿着两块钱的铜子,爱买多少花生吃就买多少!"

什么东西都有个幸与不幸。不知道为什么瓜子比花生的名气大。你说,凭良心说,瓜子有什么吃头?它夹你的舌头,塞你的牙,激起你的怒气——因为一咬就碎;就是幸而没碎,也不过是那么小小的一片,不解饿,没味道,劳民伤财,布尔乔亚!你看落花生:大大方方的,浅白麻子，细腰，曲线美。这还只是看外貌。弄开看：一胎儿两个或者三个粉红的胖小子。脱去粉红的衫儿，象牙色的豆瓣一对对的抱着，上边儿还结着吻。那个光滑，那个水灵，那个香喷喷的，碰到牙上那个干松酥软！白嘴吃也好，就酒喝也好，放在舌上当槟榔含着也好。写文章的时候，三四个花生可以代替一支香烟，而且有益无损。

种类还多呢：大花生，小花生，大花生米，小花生米，糖饯的，炒的，煮的，炸的，各有各的风味，而都好吃。下雨阴天，煮上些小花生，放点盐；来四两玫瑰露；够作好几首诗的。瓜子可给诗的灵感？冬夜，早早的躺在被窝里，看着《水浒》，枕旁放着些花生米；花生米的香味，在舌上，在鼻尖；被窝里的暖气，武松打虎……这便是天国！冬天在路上，刮着冷风，或下着雪，袋里有些花生使你心中有了主儿。掏出一个来，剥了，慌忙往口中送，闭着嘴嚼，风或雪立刻不那么厉害了。况且，一个二十岁以上的人肯神仙似的，无忧无虑的，随随便便的，在街上一边走一边吃花生，这个人将来要是作了宰相或度支部尚书，他是不会有官僚气与贪财的。他若是作了皇上，必是朴俭温和直爽天真的一位皇上，没错。吃瓜子的照例不在街上走着吃，所以我不给他保这个险。

至于家中要是有小孩儿，花生简直比什么也重要。不但可以吃，而且能拿它们玩。夹在耳唇上当环子，几个小姑娘就能办很大的一回喜事。小男孩若找不着玻璃球儿，花生也可以当弹儿。玩法还多着呢。玩了之后，剥开再吃，也还不脏。两个大子儿的花生可以玩半天；给他们些瓜子试试。

论样子，论味道，栗子其实满有势派儿。可是它没有落花生那点家常的"自己"劲儿。栗子跟人没有交情，仿佛是。核桃也不行，榛子就更显着疏远。落花生在哪里都有人缘，自天子以至庶人都跟它是朋友；这不容易。

在英国，花生叫作"猴豆"——Monkey nuts。人们到动物园去才带上一包，去喂猴子。花生在这个国里真不算很光荣，可是我亲眼看见去喂猴子的人——小孩就更不用提了——偷偷的也往自己口中送这猴豆。花生和苹果好像一样的有点魔力，假如你知道苹果的典故；我这儿确是用着典故。

美国吃花生的不限于猴子。我记得有位美国姑娘，在到中国来的时候，把几只皮箱的空处都填满了花生，大概凑起来总够十来斤吧,怕是到中国吃不着这种宝物。美国姑娘都这样重看花生,可见它确是有价值;按照哥伦比亚的哲学博士的辩证法看,这当然没有误儿。

　　花生大概还跟婚礼有点关系,一时我可想不起来是怎么个办法了;不是新娘子在轿里吃花生,不是;反正是什么什么春吧——你可晓得这个典故?其实花轿里真放上一包花生米,新娘子未必不一边落泪一边嚼着。

辑三

四食五味且呵呵

略谈杭州北京的饮食

俞平伯

不懂烧菜,我只会吃,供稿于《中国烹饪》很可笑。亦稍有可说的,在我旧作诗词中有关于饮食,杭州西湖与北京的往事两条。

(一)词中所记

于庚申、甲子间(1920—1924),我随舅家住杭垣,最后搬到外西湖俞楼。东面一小酒馆曰楼外楼,其得名固由于"山外青山楼外楼"的诗句,但亦与俞楼有关。俞楼早建,当时亦颇有名,酒楼后起,旧有曲园公所书匾额,现在不见了。

既是邻居，住在俞楼的人往往到楼外楼去叫菜。我们很省俭，只偶尔买些蛋炒饭来吃。从前曾祖住俞楼时，我当然没赶上。光绪壬辰赴杭，有单行本《曲园日记》，于"三月"云：

初八日，吴清卿河帅、彭岱霖观察同来，留之小饮，买楼外楼醋溜鱼佐酒。

更早在清乾隆时，吴锡麒《有正味斋日记》说他家制醋缕鱼甚美，可见那时已有了。"缕""溜"音近，自是一物。"醋缕"者，盖饰以彩丝所谓"俏头"，与今之五柳鱼相似，"柳"即"缕"也。后来简化不用彩丝，名醋溜鱼。此颇似望文生义，或"溜"即"缕""柳"之音讹。二者孰是，未能定也。

于二十年代，有《古槐书屋词》，许宝驯写刻本。《望江南》三章，其第三记食品。今之影印本，乃其姊宝驯摹写，有一字之异，今录新本卷一之文：

西湖忆，三忆酒边鸥。楼上酒招堤上柳，柳丝风约水明楼,风紧柳花稠。

鱼羹美,佳话昔年留。泼醋烹鲜全带冰("冰",鱼生,读去声),乳莼新翠不须油。芳指动纤柔。

(《双调望江南》之第三)

此词上片写环境。旧日楼外楼,两间门面,单层,楼上悬店名旗帜,所云"楼上酒招堤上柳",有青帘沽酒意。今已改建大厦,辉煌一新矣。

下片首两句言宋嫂鱼羹,宋五嫂原在汴京,南渡至临安(今杭州),曾蒙宋高宗宣唤,事见宋人笔记。其鱼羹遗制不传,与今之醋鱼有关系否已不得而知,但西湖鱼羹之美,口碑流传已千载矣。

第三句分两点。"泼醋烹鲜"是做法。"烹鱼"语见《诗经》。醋鱼要嫩,其实不烹亦不溜,是要活鱼,用大锅沸水烫熟,再浇上卤汁的。鱼是真活,不出于厨下。楼外楼在湖堤边置一竹笼养鱼,临时采用,我曾见过。"全带冰(柄)"是款式,醋鱼的一部分。客人点了这菜,跑堂的就喊道"全醋鱼带柄"或"醋鱼带柄"。"柄"有音无字,呼者恐亦不知,姑依其声书之。原是瞎猜,非有所据。等拿上菜来，大鱼之外，另有一小碟鱼生，即所谓"柄"。虽是附属品，盖有来历。词稿初刊本用此字谐声，如误认为有"把柄"之意就不甚妥。后在书上看到"冰"有生鱼义，读仄声，比"柄"切合，就在摹本中改了。可惜读时未抄下书名，现已忘记了。

尝疑"带冰"是"设脍"遗风之仅存者，"脍"字亦作"鲙"，生鱼也。其渊源甚古，在中国烹饪有千余年的历史。《论语》"脍不厌细"即是此品，可见孔夫子也是吃的。晋时张翰想吃故乡的莼鲈，亦是鲈鲙。杜甫《姜七少府设鲙》诗中有"饔人受鱼鲛人手，洗鱼磨刀鱼眼红。无声细下飞碎雪，有骨已剁觜春葱"等句，说鱼要活，刀要快，手法要好，将鱼刺剁碎，撒上葱花，描写得很详细。宋人说鱼片其薄如纸，被风吹去，这已是小说的笔法了。设鲙之风，远溯春秋时代，不知何年衰歇。小碟鱼冰，殆犹存古意。日本重生鱼，或亦与中国的鲙有关。

莼鲈齐名，词中"乳莼新翠不须油"句说到莼菜，在江南是极普通的。苏州所吃是太湖莼。杭州所吃大都出绍兴湘湖，西湖亦有之而量较少。莼羹自古有名。"乳莼"言其滑腻，"新翠"言其秀色，"不须油"者是清汤，连上"烹鲜"（醋鱼）亦不须油。此二者固皆可餐也。《曲园日记》三月二十二日云：

> 吾残牙零落，仅存者八，而上下不相当，莼丝柔滑，入口不能捉摸，……因口占一诗云："尚堪大嚼猫头笋，无可如何雉尾莼。"

公时年七十二，自是老境，其实即年青牙齿好，亦不易咬着它，其妙处正在于此。滑溜溜，囫囵吞，诚蔬菜中之奇品，其得味，全靠好汤和浇头（鸡、火腿、笋丝之类）衬托。若用纯素，就太清淡了。以前有一种罐头，内分两格，须两头开启，一头是莼菜，一头是浇头，合之为莼菜汤，颇好。

以上说得很啰嗦。却还有些题外闲话。"莼鲈"只是诗中传统的说法，西湖酒家的食单岂限于此。鱼虾，江南的美味。醋鱼以外更有醉虾，亦叫炝虾，以活虾酒醉，加酱油等作料拌之。鲜虾的来源，或亦竹笼中物。及送上醉虾来，一碟之上更覆一碟，且要待一忽儿吃，不然，虾就要迸起来了，开盖时亦不免。

还有家庭仿制品，我未到杭州，即已尝过杭州味。我曾祖来往苏、杭多年，回家亦命家人学制醋鱼、响铃儿。醋鱼之外如响铃儿，其制法以豆腐皮卷肉馅，露出两头，长约一寸，略带圆形如铃，用油炸脆了，吃起来花花作响，故名"响铃儿"。"儿"字重读，杭音也。《梦粱录》曰："中瓦子前谓之五花儿中心。"三字杭音宛然相似，盖千年无改也。后来在杭尝到真品，方知其差别。即如"响铃儿"，家仿者黑小而紧，市售者肥白而松，盖其油多而火旺，家庖无此条件。唐临晋帖，自不如真，但家常菜亦别有风味，稍带些焦，不那么腻，小时候喜欢吃，故至今犹未忘耳。

（二）诗中所记

一九五二壬辰《未名之谣》歌行中关于饮食的，杭州以外又说到北京，分列如下，先说杭州。

> 湖滨酒座擅烹鱼，宁似钱塘五嫂无？
> 盛暑凌晨羊汤饭，职家风味思行都。

这里提到烹鱼、羊汤饭。吴自牧《梦粱录》曰:

> 杭城市肆各家有名者,如……钱塘门外宋五嫂鱼羹……中瓦前职家羊饭。
>
> (卷十三"铺席")

钱塘是临西湖三城门之一,非泛称杭州。瓦子是游玩场所,中瓦即中瓦子。

"羊汤饭",须稍说明。这个题目原拟写入《燕知草》,后因材料不够就搁下了。二十年代初,我在杭州听舅父说有羊汤饭,每天开得极早,到八点以后就休息了。因有点好奇心,说要去尝尝,后来舅父果然带我们去了,在羊坝头,店名失忆。记得是个夏天,起个大清早,到了那边一看,果然顾客如云,高朋满座。平常早点总在家吃,清晨上酒馆见此盛况深以为异,食品总是出在羊身上的,白煮为多,甚清洁。后未再往。看到《梦粱录》《武林旧事》,皆有"羊饭"之名,"羊汤饭"盖其遗风。所云"职家"等等疑皆是回民。诗云"行都",南渡之初以临安为行在,犹存恢复中原意。

北来以后，京中羊肉馆好而且多，远胜浙杭。但所谓"爆、烤、涮"却与羊汤饭风味迥异，羊汤饭盖维吾尔族传统吃羊肉之法，迄今西北犹然，由来已久。若今北京之东来顺、烤肉宛的吃法或另有渊源，为满、蒙之遗风欤。

说到北京，其诗下文另节云：

杨柳旗亭堪系马，却典春衣无顾藉。

南烹江腐又潘鱼，川闽肴蒸兼貊炙。

首二句比拟之词不必写实。如京中酒家无旗亭系马之事。次句用杜诗"朝回日日典春衣"，我不曾做官，何"典春衣"之有？且家中人亦必不许。"无顾藉"，不管不顾，不在乎之意，言其放浪耳。

但这两句亦有些实事作影，非全是瞎说。在上学时，我有一张清人钱杜（叔美）的山水画，簇新全绫裱的。钱氏画笔秀美，舅父凤喜之，但这张是赝品，他就给了我，我悬在京寓外室，不知怎的就三文不当两文地卖给打鼓儿的了。固未必用来吃小馆，反正是瞎花掉了，其谬如此，故云"无顾藉"也。如要在诗中实叙,自不可能。至于"杨柳旗亭堪系马",虽无"系马"事,而"杨柳旗亭",略可附会。

北京酒肆中有杨柳楼台的是会贤堂。其地在什刹前海的北岸。什刹海垂杨最盛,更有荷花。会贤堂乃山东馆子,是个大饭庄,房舍甚多,可办喜庆宴会,平时约友酒叙,菜亦至佳。夏日有冰碗、水晶肘子、高力莲花、荷叶粥,皆祛暑妙品。冬日有京师著名的山楂蜜糕。我只是随众陪座,未曾单去。大饭庄是不宜独酌的。芦沟桥事变后,就没有再到了,亦不知其何时歇业。在作歌时,此句原是泛说,非有所指。现在想来,如指实说,却很切合,谁也看不出有什么差错来。可见说诗之容易穿凿附会也。

我虽久住北京,能说的饮馔却亦不多,如下文纪实的。"南烹江腐又潘鱼",谓广和居。原在宣外北半截胡同,晚清士夫觞咏之地。我到京未久,曾随尊长前往,印象已很模糊。其后一迁至西长安街,二迁至西四丁字街,其地即今之同和居也。

"南烹"谓南方的烹调,以指山东馆似不恰当,但山东亦在燕京之南,而下文所举名菜也是南人教的。"江豆腐"传自江韵涛太守[①]，用碎豆腐，八宝制法。潘鱼，传自潘耀如编修，福建人（俗云潘伯寅所传，盖非），以香菇、虾米、笋干作汤川鱼，其味清美。又有吴鱼片汤传自吴慎生中书，亦佳。以人得名的肴馔，他肆亦有之，只此店有近百年的历史，故记之耳。我只去过一次，未能多领略。

北京乃历代的都城，故多四方的市肆。除普通食品外，各有其拿手菜，不相混淆，我初进京时犹然。最盛的是山东馆，就东城说，晚清之福全馆，民初之东兴楼皆是。若北京本地风味，恐只有和顺居白肉馆。烧烤，满蒙之遗俗。

"川闽肴蒸兼貊炙。"说起川馆，早年宣外骡马市大街瑞记有名，我只于一九二五年随父母去过一次。四川菜重麻辣，而我那时所尝，却并不觉得太辣。这或由于点菜"免辣"之故，或有时地、流派的不同。四川菜大约不止一种。如今之四川饭店，风味就和我忆中的瑞记不同。又四十年代北大未迁时，景山东街开一四川小铺，店名不记

[①] 以上三条所记人名，俱见夏孙桐（闰枝）《观所尚斋诗存·广和居记事诗》注，其言当可信。——作者原注

得。它的回锅肉、麻婆豆腐,的确不差,可是真辣。

闽庖善治海鲜,口味淡美,名菜颇多。我因有福建亲戚,婶母亦闽人,故知之较稔。其市肆京中颇多。忆二十年代东四北大街有一闽式小馆甚精,字号失记。那时北洋政府的海军部近十二条胡同,官吏多闽人,遂设此店,予颇喜之。店铺以外还有单干的闽厨(他省有之否,未详),专应外会筵席,如我家请教过的有王厨(雨亭)、林厨。某厨之称,来源已久,如宋人记载中即有"某厨开沽"之文,不止一姓。以厨丁为单位,较之招牌更为可靠。如只看招牌,贸贸然而往,换了"大师父",则昨日今朝,风味天渊矣。"吃小馆"是句口头语,却没有说吃大馆的,也是同样的道理。

貊炙有两解,狭义的可释为"北方外族的烤肉",广义借指西餐。上海人叫大菜,从英文译来的,亦有真赝之别,仿制的比原式似更对吾人的胃口。上海一般的大菜中国化了,却以"英法大菜"号召,亦当时崇洋风气。北京西餐馆,散在九城,比较有地道洋味的,多在崇文门路东一带(路西广场,庚子遗迹),地近使馆区。

西餐取材比中菜简单些。以牛肉为主,羊次之,猪为下。"猪肉和豆"是平民的食品。我时常戏说,你如不会吃带血的牛排,那西洋就没有好菜了。话虽稍过,亦近乎实。西餐自有其优点,如"桌仪"、看馔的次序装饰等等,却亦有不大好吃的,自然是个人的口味。如我在国内每喜喝西菜里的汤,但到了英国船上却大失所望。名曰"清汤",真是"臣心如水的汤",一点味也没得,倒有些药气味。西洋例不用味精,宜其如此。由法、意而德、俄,口味渐近东方,我们今日还喜啜俄国红菜汤也。

又北京的烤肉,远承毡幕遗风,直译"貊炙",最为切合。但我当时想到的却是西餐里的牛排。《红楼梦》中的吃鹿肉,与今日烤肉吃法相同,只用鹿比用牛羊更贵族化耳。

我从前在京喜吃小馆,后来兴致渐差,一九七五年患病后,不能独自出门就更衰了。一九五〇年前《蝶恋花》词有"驼陌尘踪如梦寐""麦酒盈尊容易醉"等句,题曰"东华醉归",指东华门大街的"华宫",供应俄式西餐、日本式鸡素烧。近在西四新张的西餐厅遇见一服务员,云是华宫旧人,他还认识我,并记得吾父,知其所嗜。其事至今三十余年,若我初来京住东华门时,数将倍焉。韶光水逝,旧侣星稀,于一饮一啄之微,亦多怅触,拉杂书之,辄有经过黄公酒垆之感,又不止"襟上杭州旧酒痕"已也。

1982年5月1日,北京

饮食男女在福州（节选）

郁达夫

福州的食品，向来就很为外省人所赏识；前十余年在北平，说起私家的厨子，我们总同声一致的赞成刘崧生先生和林宗孟先生家里的蔬菜的可口。当时宣武门外的忠信堂正在流行，而这忠信堂的主人，就系旧日刘家的厨子，曾经做过清室的御厨房的。上海的小有天以及现在早已歇业了的消闲别墅，在粤菜还没有征服上海之先，也曾盛行过一时。面食里的伊府面，听说还是汀州伊墨卿太守的创作；太守住扬州日久，与袁子才也时相往来，可惜他没有像随园老人那么的好事，留下一本食谱来，教给我们以烹调之法；否则，这一个福建萨伐郎（Savarin）

的荣誉，也早就可以驰名海外了。

福建菜的所以会这样著名，而实际上却也实在是丰盛不过的原因，第一，当然是由于天然物产的富足。福建全省，东南并海，西北多山，所以山珍海味，一例的都贱如泥沙。听说沿海的居民，不必忧虑饥饿，大海潮回，只消上海滨去走走，就可以拾一篮海货来充作食品。又加以地气温暖，土质腴厚，森林蔬菜，随处都可以培植，随时都可以采撷。一年四季，笋类菜类，常是不断；野菜的味道，吃起来又比别处的来得鲜甜。福建既有了这样丰富的天产，再加上以在外省各地游宦营商者的数目的众多，作料采从本地，烹制学自外方，五味调和，百珍并列，于是乎闽菜之名，就宣传在饕餮家的口上了。清初周亮工著的《闽小纪》两卷，记述食品处独多，按理原也是应该的。

福州海味，在春三二月间，最流行而最肥美的，要算来自长乐的蚌肉，与海滨一带多有的蛎房。《闽小纪》里所说的西施舌，不知是否指蚌肉而言；色白而腴，味脆且鲜，以鸡汤煮得适宜，长圆的蚌肉，实在是色香味俱佳的神品。听说从前有一位海军当局者，老母病剧，颇思乡味；远在千里外，欲得一蚌肉，以解死前一刻的渴慕，部长纯孝，就以飞机运蚌肉至都。从这一件轶事看来，也可想见这蚌肉的风味了；我这一回赶上福州，正及蚌肉上市的时候，所以红烧白煮，吃尽了几百个蚌，总算也是此生的豪举，特笔记此，聊志口福。

蛎房并不是福州独有的特产，但福建的蛎房，却比江浙沿海一带所产的，特别的肥嫩清洁。正二三月间，沿路的摊头店里，到处都堆满着这淡蓝色的水包肉；价钱的廉，味道的鲜，比到东坡在岭南所贪食的蚝，当然只会得超过。可惜苏公不曾到闽海去谪居，否则，阳羡之田，可以不买，苏氏子孙，或将永寓在三山二塔之下，也说不定。福州人叫蛎房作"地衣"，略带"挨"字的尾声，写起字来，我想只有"蚭"字，可以当得。

在清初的时候，江瑶柱似乎还没有现在那么的通行，所以周亮工再三的称道，誉为逸品。在目下的福州，江瑶柱却并没有人提起了，鱼翅席上，缺少不得的，倒是一种类似宁波横脚蟹的蟳蟹，福州人叫作"新恩"，《闽小纪》里所说的虎蟳，大约就是此物。据福州人说，蟳肉最滋补，也最容易消化，所以产妇病人以及体弱的人，往往爱吃。但由对蟹类素无好感的我看来,却仍赞成周亮工之言,终觉得质粗味劣,远不及蚌与蛎房或香螺的来得干脆。

福州海味的种类,除上述的三种以外,原也很多很多;但是别地方也有,我们平常在上海也常常吃得到的东西,记下来也没有什么价值,所以不说。至于与海错相对的山珍哩,却更是可以干制,可以输出的东西,益发的没有记述的必要了,所以在这里只想说一说叫作肉燕的那一种奇异的包皮。

初到福州,打从大街小巷里走过,看见好些店家,都有一个大砧头摆在店中;一两位壮强的男子,拿了木锥,只在对着砧上的一大块猪肉,一下一下的死劲地敲。把猪肉这样的乱敲乱打,究竟算什么回事?我每次看见,总觉得奇怪;后来向福州的朋友一打听,才知道这就是制肉燕的原料了。所谓肉燕者,就是将猪肉打得粉烂,和入面粉,然后再制成皮子,如包馄饨的外皮一样,用以来包制菜蔬的东西。听说这物事在福建,也只是福州独有的特产。

福州食品的味道,大抵重糖;有几家真正福州馆子里烧出来的鸡鸭四件,简直是同蜜饯的罐头一样,不杂入一粒盐花。因此福州人的牙齿,十人九坏。有一次去看三赛乐的闽剧,看见台上演戏的人,个个都是满口金黄;回头更向左右的观众一看,妇女子的嘴里也大半镶着全副的金色牙齿。于是天黄黄,地黄黄,弄得我这一向就痛恨金牙齿的偏执狂者,几乎想放声大哭,以为福州人故意在和我捣乱。

将这些脱嫌糖重的食味除起,若论到酒,则福州的那一种土黄酒,也还勉强可以喝得。周亮工所记的玉带春、梨花白、蓝家酒、碧霞酒、莲须白、河清、双夹、西施红、状元红等,我都不曾喝过,所以不敢品评。只有会城各处在卖的鸡老(酪)酒,颜色却和绍酒一样的红似琥珀,味道略苦,喝多了觉得头痛。听说这是以一生鸡,悬之酒中,等鸡肉鸡骨都化了后,然后开坛饮用的酒,自然也是越陈越好。福州酒店外面,都写"酒库"两字,发卖叫发扛,也是新奇得很的名称。以红糟酿的甜酒,味道有点像上海的甜白酒,不过颜色桃红,当是西施红等名目出处的由来。莆田的荔枝酒,颜色深红带黑,味甘甜如西班牙的宝德红葡萄,虽则名贵,但我却终不喜欢。

福州一般宴客,喝的总还是绍兴花雕,价钱极贵,斤量又不足,而酒味也淡似沪杭各地,我觉得建庄终究不及京庄。

福州的水果花木,终年不断;橙柑、福橘、佛手、荔枝、龙眼、甘蔗、香蕉,以及茉莉、兰花、橄榄等等,都是全国闻名的品物;好事者且各有谱谍之著,我在这里,自然可以不说。

闽茶半出武夷,就是不是武夷之产,也往往借这名山为号召。铁罗汉,铁观音的两种,为茶中柳下惠,非红非绿,略带赭色;酒醉之后,喝它三杯两盏,头脑倒真能清醒一下。其他若龙团玉乳,大约名目总也不少,我不恋茶娇,终是俗客,深恐品评失当,贻笑大方,在这里只好轻轻放过。

从《闽小纪》中的记载看来,番薯似乎还是福建人开始从南洋运来的代食品;其后因种植的便利,食味的甘美,就流传到内地去了;这植物传播到中国来的时代,只在三百年前,是明末清初的时候,因亮工所记如此,不晓得究竟是否确实。不过福建的米麦,向来就说不足,现在也须仰给于外省,但田稻倒又可以一年两植。而福州正式的酒席，大抵总不吃饭散场，因为菜太丰盛了，吃到后来，总已个个饱满，用不着再以饭颗来充腹之故。

饮食处的有名处所，城内为树春园、南轩、河上酒家、可然亭等。味和小吃，亦佳且廉；仓前的鸭面，南门兜的素菜与牛肉馆，鼓楼西的水饺子铺，都是各有长处的小吃处；久吃了自然不对，偶尔去一试，倒也别有风味。城外在南台的西菜馆，有嘉宾、西宴台、法大、西来，以及前临闽江，内设戏台的广聚楼等。洪山桥畔的义心楼，以吃形同比目鱼的贴沙鱼著名；仓前山的快乐林，以吃小盘西洋菜见称，这些当然又是菜馆中的别调。至如我所寄寓的青年会食堂，地方清洁宽广，中西菜也可以吃吃，只是不同耶稣的飨宴十二门徒一样，不许顾客醉饮葡萄酒浆，所以正式请客，大感不便。

南北的点心

周作人

中国地大物博,风俗与土产随地各有不同,因为一直缺少人纪录,有许多值得也是应该知道的事物,我们至今不能知道清楚,特别是关于衣食住的事项。我这里只就点心这个题目,依据浅陋所知,来说几句话,希望抛砖引玉,有旅行既广,游历又多的同志们,从各方面来报道出来,对于爱乡爱国的教育,或者也不无小补吧。

我是浙江东部人,可是在北京住了将近四十年,因此南腔北调,对于南北情形都知道一点,却没有深厚的了解。据我的观察来说,中国南北两路的点心,根本性质上有一个很大的区别,简单的下一句断语,北方的点心是常食的性质，南方的则是闲食。我们只看北京人家做饺子馄饨面总是十分茁实，馅决不考究；面用芝麻酱拌，最好也只是炸酱；馒头全是实心。本来是代饭用的，只要吃饱就好，所以并不求精。若是回过来走到东安市场，往五芳斋去叫了来吃，尽管是同样名称，做法便大不一样，别说蟹黄包子，鸡肉馄饨，就是一碗三鲜汤面，也是精细鲜美的。可是有一层，这决不可能吃饱当饭，一则因为价钱比较贵，二则昔时无此习惯。后来上海也有阳春面，可以当饭了，但那是新时代的产物，在老辈看来，是不大可以为训的。

我母亲如果在世，已有一百岁了，她生前便是绝对不承认点心可以当饭的，有时生点小毛病，不喜吃大米饭，随叫家里做点馄饨或面来充饥，即使一天里仍然吃过三回，她却总说今天胃口不开，因为吃不下饭去，因此可以证明那馄饨和面都不能算是饭。这种论断，虽然有点近于武断，但也可以说是有客观的佐证，因为南方的点心是闲食，做法也是趋于精细鲜美，不取茁实一路的。上文五芳斋固然是很好的例子，我还可以再举出南方做烙饼的方法来，更为具体，也有意思。

我们故乡是在钱塘江的东岸，那里不常吃面食，可是有烙饼这物事。这里要注意的，是"烙"不读作"老"字音，乃是"洛"字入声，又名为山东饼，这证明原来是模仿大饼而作的，但是烙法却大不相同了。乡间卖馄饨面和馒头都分别有专门的店铺，唯独这烙饼只有摊，而且也不是每天都有，这要等待那里有社戏，才有几个摆在戏台附近，供看戏的人买吃，价格是每个制钱三文，计油条价二文，葱酱和饼只要一文罢了。做法是先将原本两折的油条扯开，改作三折，在熬盘上烤焦，同时在预先做好的直径约二寸，厚约一分的圆饼上，满搽红酱和辣酱，撒上葱花，卷在油条外面，再烤一下，就做成了。它的特色是油条加葱酱烤过，香辣好吃，那所谓饼只是包裹油条的东西，乃是客而非主，拿来与北方原来的大饼相比，厚大如茶盘，卷上黄酱与大葱，大嚼一张，可供一饱，这里便显出很大的不同来了。

上边所说的点心偏于面食一方面，这在北方本来不算是闲食吧。此外还有一类干点心，北京称为饽饽，这才当作闲食，大概与南方并无什么差别。但是这里也有一点不同，据我的考察，北方的点心历史古，南方的历史新，古者可能还有唐宋遗制，新的只是明朝中叶吧。点心铺招牌上有常用的两句话，我想借来用在这里，似乎也还适当，北方可以称为"官礼茶食"，南方则是"嘉湖细点"。

我们这里且来作一点烦琐的考证，可以多少明白这时代的先后。查清顾张思的《土风录》卷六，"点心"条下云："小食曰点心，见吴曾《漫录》。唐郑傪为江淮留后，家人备夫人晨馔，夫人谓其弟曰：'治妆未毕，我未及餐，尔且可点心。'俄而女仆请备夫人点心，傪诟曰：'适已点心，今何得又请！'"由此可知点心古时即是晨馔。同书又引周辉《北辕录》云："洗漱冠栉毕，点心已至。"后文说明点心中馒头、馄饨、包子等，可知是说的水点心，在唐朝已有此名了。

茶食一名，据《土风录》云："干点心曰茶食，见宇文懋昭《金志》：'婿先期拜门，以酒馔往，酒三行，进大软脂小软脂，如中国寒具，又进蜜糕，人各一盘，曰茶食。'"《北辕录》云："金国宴南使，未行酒，先设茶筵，进茶一盏，谓之茶食。"茶食是喝茶时所吃的，与小食不同，大软脂，大抵有如蜜麻花，蜜糕则明系蜜饯之类了。从文献上看来，点心与茶食两者原有区别，性质也就不同，但是后来早已混同了，本文中也就混用，那招牌上的话也只是利用现代文句，茶食与细点作同意语看，用不着再分析了。

我初到北京来的时候，随便在饽饽铺买点东西吃，觉得不大满意，曾经埋怨过这个古都市，积聚了千年以上的文化历史，怎么没有做出些好吃的点心来。老实说，北京的大八件、小八件，尽管名称不同，吃起来不免单调，正和五芳斋的前例一样，东安市场内的稻香春所做南式茶食，并不齐备，但比起来也显得花样要多些了。

过去时代，皇帝向在京里，他的享受当然是很豪华的，却也并不曾创造出什么来，北海公园内旧有"仿膳"，是前清膳房的做法，所做小点心，看来也是平常，只是做得小巧一点而已。南方茶食中有些东西，是小时候熟悉的，在北京都没有，也就感觉不满足，例如糖类的酥糖、麻片糖、寸金糖，片类的云片糕、椒桃片、松仁片，软糕类的松子糕、枣子糕、蜜仁糕、桔红糕等。此外有缠类，如松仁缠、核桃缠，乃是在干果上包糖，算是上品茶食，其实倒并不怎么好吃。

南北点心粗细不同，我早已注意到了，但这是怎么一个系统,为什么有这差异?那我也没有法子去查考,因为孤陋寡闻,而且关于点心的文献,实在也不知道有什么书籍。但是事有凑巧,不记得是哪一年,或者什么原因了,总之见到几件北京的旧式点心,平常不大碰见,样式有点别致的,这使我忽然大悟,心想这岂不是在故乡见惯的"官礼茶食"么?

故乡旧式结婚后,照例要给亲戚本家分"喜果",一种是干果,计核桃、枣子、松子、榛子,讲究的加荔枝、桂圆。又一种是干点心,记不清它的名字。查范寅《越谚》饮食门下,记有金枣和珑缠豆两种,此外我还记得有佛手酥,菊花酥和蛋黄酥等三种。这种东西,平时不易销,店铺里也不常备,要结婚人家订购才有,样子虽然不差,但材料不大考究,即使是可以吃得的佛手酥,也总不及红绫饼或梁湖月饼,所以喜果送来,只供小孩们胡乱吃一阵,大人是不去染指的。可是这类喜果却大抵与北京的一样,而且结婚时节非得使用不可。云片糕等虽是比较要好,却是决不使用的。这是什么理由?

这一类点心是中国旧有的,历代相承,使用于结婚仪式。一方面时势转变,点心上发生了新品种,然而一切仪式都是守旧的，不轻易容许改变，因此即使是送人的喜果，也有一定的规矩，要定做现今市上不通行了的物品来使用。同是一类茶食，在甲地尚在通行，在乙地已出了新的品种，只留着用于"官礼"，这便是南北点心情形不同的缘因了。

上文只说得"官礼茶食"，是旧式的点心，至今流传于北方。至于南方点心的来源，那还得另行说明。"嘉湖细点"这四个字，本是招牌和仿单上的口头禅，现在正好借用过来，说明细点的来源。因为据我的了解，那时期当为前明中叶，而地点则是东吴西浙，嘉兴湖州正是代表地方。我没有文书上的资料，来证明那时吴中饮食丰盛奢华的情形，但以近代苏州饮食风靡南方的事情来作比，这里有点类似。

明朝自永乐以来，政府虽是设在北京，但文化中心一直还是在江南一带。那里官绅富豪生活奢侈，茶食一类就发达起来。就是水点心，在北方作为常食的，也改作得特别精美，成为以赏味为目的的闲食了。这南北两样的区别，在点心上存在得很久，这里固然有风俗习惯的关系，一时不易改变；但在"百花齐放"的今日，这至少该得有一种进展了吧。其实这区别不在于质而只是量的问题，换一句话即是做法的一点不同而已。我们前面说过，家庭的鸡蛋炸酱面与五芳斋的三鲜汤面，固然是一例。此外则有大块粗制的窝窝头，与"仿膳"的一碟十个的小窝窝头，也正是一样的变化。

北京市上有一种爱窝窝，以江米煮饭捣烂（即是糍粑）为皮，中裹糖馅，如元宵大小。李光庭在《乡言解颐》中说明它的起源云：相传明世中宫有嗜之者，因名曰御爱窝窝，今但曰爱而已。这里便是一个例证，在明清两朝里，窝窝头一件食品，便发生了两个变化了。本来常食闲食，都有一定习惯，不易轻轻更变，在各处都一样是闲食的干点心则无妨改良一点做法，做得比较精美，在人民生活水平日益提高的现在，这也未始不是切合实际的事情吧。国内各地方，都富有不少有特色的点心，就只因为地域所限，外边人不能知道，我希望将来不但有人多多报道，而且还同土产果品一样，陆续输到外边来，增加人民的口福。

五味

汪曾祺

山西人真能吃醋！几个山西人在北京下饭馆，坐定之后，还没有点菜，先把醋瓶子拿过来，每人喝了三调羹醋。邻座的客人直瞪眼。有一年我到太原去，快过春节了。别处过春节，都供应一点好酒，太原的油盐店却都贴出一个条子："供应老陈醋，每户一斤。"这在山西人是大事。

山西人还爱吃酸菜，雁北尤甚。什么都拿来酸，除了萝卜白菜，还包括杨树叶子，榆树钱儿。有人来给姑娘说亲，当妈的先问，那家有几口酸菜缸。酸菜缸多，说明家底子厚。

辽宁人爱吃酸菜白肉火锅。

北京人吃羊肉酸菜汤下杂面。

福建人、广西人爱吃酸笋。我和贾平凹在南宁，不爱吃招待所的饭，到外面瞎吃。平凹一进门，就叫："老友面！""老友面"者，酸笋肉丝氽汤下面也，不知道为什么叫做"老友"。

傣族人也爱吃酸。酸笋炖鸡是名菜。

延庆山里夏天爱吃酸饭。把好好的饭焐酸了，用井拔凉水一和，呼呼地就下去了三碗。

都说苏州菜甜，其实苏州菜只是淡，真正甜的是无锡。无锡炒鳝糊放那么多糖！包子的肉馅里也放很多糖，没法吃！

四川夹沙肉用大片肥猪肉夹了洗沙蒸，广西芋头扣肉用大片肥猪肉夹芋泥蒸，都极甜，很好吃，但我最多只能吃两片。

广东人爱吃甜食。昆明金碧路有一家广东人开的甜品店，卖芝麻糊、绿豆沙，广东同学趋之若鹜。"番薯糖水"即用白薯切块熬的汤，这有什么好喝的呢？广东同学曰："好嘢！"

北方人不是不爱吃甜，只是过去糖难得。我家曾有老保姆，正定乡下人，六十多岁了。她还有个婆婆，八十几了。她有一次要回乡探亲，临行称了两斤白糖，说她的婆婆就爱喝个白糖水。

北京人很保守，过去不知苦瓜为何物，近年有人学会吃了。菜农也有种的了。农贸市场上有很好的苦瓜卖，属于"细菜"，价颇昂。

北京人过去不吃蕹菜，不吃木耳菜，近年也有人爱吃了。

北京人在口味上开放了！

北京人过去就知道吃大白菜。由此可见，大白菜主义是可以被打倒的。

北方人初春吃苣荬菜。苣荬菜分甜荬、苦荬，苦荬相当的苦。

有一个贵州的年轻女演员上我们剧团学戏，她的妈妈不远迢迢给她寄来一包东西，是"者耳根"，或名"则尔根"，即鱼腥草。她让我尝了几根。这是什么东西？苦，倒不要紧，有一股强烈的生鱼腥味，实在招架不了！

剧团有一干部，是写字幕的，有时也管杂务。此人是个吃辣的专家。他每天中午饭不吃菜,吃辣椒下饭。全国各地的、少数民族的,各种辣椒,他都千方百计地弄来吃,剧团到上海演出,他帮助搞伙食,这下好,不会缺辣椒吃。原以为上海辣椒不好买,他下车第二天就找到一家专卖各种辣椒的铺子。上海人有一些是能吃辣的。

我的吃辣是在昆明练出来的,曾跟几个贵州同学在一起用青辣椒在火上烧烧,蘸盐水下酒。平生所吃之辣椒多矣,什么朝天椒、野山椒,都不在话下。我吃过最辣的辣椒是在越南。1946年,由越南转道往上海,在海防街头吃牛肉粉。牛肉极嫩,汤极鲜,辣椒极辣。一碗汤粉,放三四丝辣椒就辣得不行。这种辣椒的颜色是橘黄色的。在川北,听说有一种辣椒,本身不能吃,用一根线吊在灶上,汤做得了,把辣椒在汤里涮涮,就辣得不得了。云南佤族有一种辣椒,叫"涮涮辣",与川北吊在灶上的辣椒大概不相上下。

四川可说是最能吃辣的省份。川菜的特点是辣且麻——搁很多花椒。四川的小面馆的墙壁上黑漆大书三个字:麻辣烫。麻婆豆腐、干煸牛肉丝、棒棒鸡,不放花椒不行。花椒得是川椒,捣碎,菜做好了,最后再放。

周作人说他的家乡整年吃咸极了的咸菜和咸极了的咸鱼，浙东人确是吃得很咸。有个同学，是台州人，到铺子里吃包子，掰开包子就往里倒酱油。口味的咸淡和地域是有关系的。北京人说南甜北咸东辣西酸，大体不错。河北、东北人口重，福建菜多很淡。但这与个人的性格习惯也有关。湖北菜并不咸，但闻一多先生却嫌云南蒙自的菜太淡。

中国人过去对吃盐很讲究，如桃花盐、水晶盐，"吴盐胜雪"，现在则全国都吃再制精盐。只有四川人腌咸菜还坚持用自流井的井盐。

我不知道世上还有什么国家的人爱吃臭。

过去上海、南京、汉口都卖油炸臭豆腐干。

我们一个同志到南京出差，他的爱人是南京人，嘱咐他带一点臭豆腐干回来。他千方百计，居然办到了。带到火车上，引起一车厢的人强烈抗议。

除豆腐干外，面筋、百叶（千张）亦可臭。蔬菜里的莴苣、冬瓜、豇豆皆可臭。冬笋的老根咬不动，切下来随手就扔进臭坛子里。——我们那里很多人家都有个臭坛子，一坛子"臭卤"。腌芥菜挤下的汁放几天即成"臭卤"。臭物中最特殊的是臭苋菜杆。苋菜长老了，主茎可粗如拇指，高三四尺，截成二寸许小段，入臭坛。臭熟后，外皮是硬的，里面的芯成果冻状。嘬住一头，一吸，芯肉即入口中。这是佐粥的无上妙品。我们那里叫做"苋菜秸子"，湖南人谓之"苋菜咕"，因为吸起来"咕"的一声。

北京人说的臭豆腐指臭豆腐乳。过去是小贩沿街叫卖的："臭豆腐，酱豆腐，王致和的臭豆腐。"臭豆腐就贴饼子，熬一锅虾米皮白菜汤，好饭！现在王致和的臭豆腐用很大的玻璃方瓶装，很不方便，一瓶一百块，得很长时间才能吃完，而且卖得很贵，成了奢侈品。

我在美国吃过最臭的"气死"（干酪），洋人多闻之掩鼻，对我说起来实在没有什么，比臭豆腐差远了。

甚矣，中国人口味之杂也，敢说堪为世界之冠。

蟹

梁实秋

蟹是美味，人人喜爱，无间南北，不分雅俗。当然我说的是河蟹，不是海蟹。好多年前我的一位朋友从香港带回了一篓螃蟹，分飨了我两只，得膏馋吻。蟹不一定要大闸的，秋高气爽的时节，大陆上任何湖沼溪流，岸边稻米高粱一熟，率多盛产螃蟹。在北平，在上海，小贩担着螃蟹满街吆唤。

七尖八团，七月里吃尖脐（雄），八月里吃团脐（雌），那是蟹正肥的季节。记得小时候在北平，每逢到了这个季节，家里总要大吃几顿，每人两只，一尖一团。照例通知长发送五斤花雕全家共饮。有蟹无酒，那是大杀风景的事。《晋书·毕卓传》："右手持酒杯，左手持蟹螯，拍浮酒船中，便足了一生矣！"我们虽然没有那样狂，也很觉得乐陶陶了。母亲对我们说，她小时候在杭州家里吃螃蟹，要慢条斯理，细吹细打，一点蟹肉都不能糟蹋，食毕要把破碎的蟹壳放在戥子上称一下，看谁的一份儿分量轻，表示吃得最干净，有奖。我心粗气浮，没有耐心，蟹的小腿部分总是弃而不食，肚子部分囫囵略咬而已。每次食毕，母亲教我们到后院采择艾尖一大把，搓碎了洗手，去腥气。

在餐馆里吃"炒蟹肉"，南人称"炒蟹粉"，有肉有黄，免得自己剥壳，吃起来痛快，味道就差多了。西餐馆把蟹肉剥出来，填在蟹匡（蟹匡即蟹壳）里烤，那种吃法别致，也索然寡味。食蟹而不失原味的唯一方法是放在笼屉里整只地蒸。在北平吃螃蟹的唯一好去处是前门外肉市正阳楼。他家的蟹特大而肥。从天津运到北平的大批蟹，到车站开包，正阳楼先下手挑拣其中最肥大者，比普通摆在市场或担贩手中者可以大一倍有余。我不知道他是怎样获得这一特权的。蟹到店中畜在大缸里，浇鸡蛋白催肥，一两天后才应客。我曾掀开缸盖看过，满缸的蛋白泡沫。食客每人一份小木槌、小木垫,黄杨木制,旋床子定制的,小巧合用,敲敲打打,可免牙咬手剥之劳。我们因是老主顾,伙计送了我们好几副这样的工具。这个伙计还有一样绝活,能吃活蟹,请他表演他也不辞。他取来一只活蟹,两指掐住蟹匡,任它双螯乱舞,轻轻把脐掰开,咔嚓一声把蟹壳揭开,然后扯碎入口大嚼,看得人无不心惊。据他说味极美,想来也和吃炝活虾差不多。在正阳楼吃蟹,每客一尖一团足矣,然后补上一碟烤羊肉夹烧饼而食之,酒足饭饱。别忘了要一碗氽大甲。这碗汤妙趣无穷,高汤一碗煮沸,投下剥好了的蟹螯七八块,立即起锅注在碗内,撒上芫荽末、胡椒粉和切碎了的回锅老油条。除了这一味氽大甲,没有任何别的羹汤可以压得住这一餐饭的阵脚。以蒸蟹始,以大甲汤终,前后照应,犹如一篇起承转合的文章。

蟹黄、蟹肉有许多种吃法,烧白菜、烧鱼唇、烧鱼翅,都可以。蟹黄烧卖则尤其可口,唯必须真有蟹黄、蟹肉放在馅内才好,不是一两小块蟹黄摆在外面做样子的。蟹肉可以腌后收藏起来,是为蟹胥,俗名为蟹酱。这是我们古已有之的美味。《周礼·天官·庖人》注:"青州之蟹胥。"青州在山东,我在山东住过,却不曾吃过青州蟹胥,但是我有一位家在芜湖的同学，他从家乡带了一小坛蟹酱给我。打开坛子，黄澄澄的蟹油一层，香气扑鼻。一碗阳春面，加进一两匙蟹酱，岂止是"清水变鸡汤"？

海蟹虽然味较差，但是个子粗大，肉多。从前我乘船路过烟台、威海卫，停泊之后，舢板云集，大半是贩卖螃蟹和大虾的。都是煮熟了的，价钱便宜，买来就可以吃。虽然微有腥气，聊胜于无。生平吃海蟹最满意的一次，是在美国华盛顿州的安哲利斯港的码头附近。买得两只巨蟹，硕大无朋，从冰柜里取出，却十分新鲜，也是煮熟了的。一家人乘等候轮渡之便，在车上分而食之，味甚鲜美，和河蟹相比各有千秋。这一次的享受至今难忘。

陆放翁诗："磊落金盘荐糖蟹。"我不知道螃蟹可以加糖。可是古人记载确有其事。《清异录》："炀帝幸江州，吴中贡糖蟹。"《梦溪笔谈》："大业中，吴郡贡蜜蟹二千头。……又何胤嗜糖蟹。大抵南人嗜咸，北人嗜甘，鱼蟹加糖蜜，盖便于北俗也。"

如今北人没有这种风俗，至少我没有吃过甜螃蟹，我只吃过南人的醉蟹，真咸！螃蟹蘸姜醋，是标准的吃法，常有人在醋里加糖，变成酸甜的味道，怪！

北平的零食小贩

梁实秋

北平人馋。馋,据字典说是"贪食也",其实不只是贪食,是贪食各种美味之食。美味当前,固然馋涎欲滴,即使闲来无事,馋虫亦在咽喉中抓挠,迫切地需要一点什么以膏馋吻。三餐时固然希望膏粱罗列,任我下箸,三餐以外的时间也一样地想馋嚼,以锻炼其咀嚼筋。看鹭鸶的长颈都有一点羡慕,因为颈长可能享受更多的徐徐下咽之感,此之谓馋,"馋"字在外国语中无适当的字可以代替,所以讲到馋,真"不足为外人道"。有人说北平人之所以特别馋,是由于当年的八旗子弟游手好闲的太多,闲就要生事,在吃上打主意自然也是可以理解的。所以各式各样的零食小贩便应运而生，自晨至夜逡巡于大街小巷之中。

北平小贩的吆喝声是很特殊的。我不知道这与平剧有无关系，其抑扬顿挫，变化颇多，有的豪放如唱大花脸，有的沉闷如黑头，又有的清脆如生旦，在白昼给浩浩欲沸的市声平添不少情趣，在夜晚又给寂静的夜带来一些凄凉。细听小贩的呼声，则有直譬，有隐喻，有时竟像谜语一般的耐人寻味。而且他们的吆喝声，数十年如一日，不曾有过改变。我如今闭目沉思，北平零食小贩的呼声俨然在耳，一个个的如在目前。现在让我就记忆所及，细细数说。

首先让我提起"豆汁"。绿豆渣发酵后煮成稀汤，是为豆汁，淡草绿色而又微黄，味酸而又带一点霉味，稠稠的，浑浑的，热热的。佐以辣咸菜，即"棺材板"切细丝，加芹菜梗，辣椒丝或末。有时亦备较高级之酱菜如酱萝卜、酱黄瓜之类，但反不如辣咸菜之可口，午后啜三两碗，愈吃愈辣，愈辣愈喝，愈喝愈热，终至大汗淋漓，舌尖麻木而止。北平城里人没有不嗜豆汁者，但一出城则豆渣只有喂猪的份，乡下人没有喝豆汁的。外省人居住北平二三十年往往不能养成喝豆汁的习惯。能喝豆汁的人才算是真正的北平人。

其次是"灌肠"。后门桥头那一家的大灌肠,是真的猪肠做的,遐迩驰名,但嫌油腻。小贩的灌肠虽有肠之名实则并非是肠,仅具肠形,一条条的以芡粉为主所做成的橛子,切成不规则形的小片,放在平底大油锅上煎炸,炸得焦焦的,蘸蒜盐汁吃。据说那油不是普通油,是从作坊里用马肉等熬出来的油,所以有这一种怪味。单闻那种油味,能把人恶心死,但炸出来的灌肠,喷香!

从下午起有沿街叫卖"面筋哟"者,你喊他时须喊"卖熏鱼儿的",他来到你们门口打开他的背盒由你拣选时却主要的是猪头肉。除猪头肉的脸子、只皮、口条之外还有脑子、肝、肠、苦肠、心头、蹄筋等,外带着别有风味的干硬的火烧。刀口上手艺非凡,从夹板缝里抽出一把飞薄的刀,横着削切,把猪头肉切得出薄如纸,塞在那火烧里食之,熏味扑鼻!这种卤味好像不能登大雅之堂,但是在煨煮熏制中有特殊的风味。离开北平便尝不到。

薄暮后有叫卖羊头肉者,刀板器皿刷洗得一尘不染,切羊脸子是他的拿手,切得真薄,从一只牛角里撒出一些特制的胡盐,北平的羊好,有浓厚的羊味,可又没有浓厚到膻的地步。

也有推着车子卖"烧羊脖子烧羊肉"的。烧羊肉是经过煮和炸两道手续的,除肉之外还有肚子和卤汤。在夏天佐以黄瓜、大蒜是最好的下面之物。推车卖的不及街上羊肉铺所发售的,但慰情聊胜于无。

北平的"豆腐脑",异于川湘的豆花,是哆里哆嗦的软嫩豆腐,上面浇一勺卤,再加蒜泥。

"老豆腐"另是一种东西,是把豆腐煮出了蜂窠,加芝麻酱、韭菜末、辣椒等佐料,热乎乎的连吃带喝亦颇有味。

北平人做"烫面饺"不算一回事,真是举重若轻、叱咤立办。你喊三十饺子,不大的工夫就给你端上来了,一个个包得细长齐整又俊又俏。

斜尖的炸豆腐,在花椒盐水里煮得泡泡的,有时再羼进几个粉丝做的炸丸子,放进一点辣椒酱,也算是一味很普通的零食。

馄饨何处无之?北平挑担卖馄饨的却有他的特点,馄饨本身没有什么异样,由筷子头拨一点肉馅往三角皮子上一抹就是一个馄饨,特殊的是那一锅肉骨头熬的汤别有滋味，谁家里也不会把那么多的烂骨头煮那么久。

一清早卖点心的很多，最普通的是烧饼、油鬼。北平的烧饼主要的有四种，芝麻酱烧饼、螺丝转、马蹄、驴蹄，各有千秋。芝麻酱烧饼，外省仿造者都不像样，不是太薄就是太厚，不是太大就是太小，总是不够标准。螺丝转最好是和"甜浆粥"一起用，要夹小圆圈油鬼。马蹄只有薄薄的两层皮，宜加圆泡的甜油鬼。驴蹄又小又厚，不要油鬼做伴。北平油鬼，不叫油条，因为根本不做长条状，主要的只有两种，四个圆泡连在一起的是甜油鬼，小圆圈的油鬼是咸的，炸得特焦，夹在烧饼里一按咔嚓一声。离开北平的人没有不想念那种油鬼的。外省的油条，虚泡囊肿，不够味，要求炸焦一点也不行。

"面茶"在别处没见过。真正的一锅糨糊，炒面熬的，盛在碗里之后，在上面用筷子蘸着芝麻酱撒满一层，唯恐撒得太多似的。味道好吗？至少是很怪。

卖"三角馒头"的永远是山东老乡。打开蒸笼布，热腾腾的各样蒸食，如糖三角、混糖馒头、豆沙包、蒸饼、红枣蒸饼、高庄馒头，听你拣选。

"杏仁茶"是北平的好，因为杏仁出在北方，提味的是那少数几颗苦杏仁。

豆类做出的吃食可多了,首先要提"豌豆糕"。小孩子一听打糖锣的声音很少不怦然心动的。卖豌豆糕的人有一把手艺,他会把一块豌豆泥捏成各式各样的东西,他可以听你的吩咐捏一把茶壶,壶盖、壶把、壶嘴俱全,中间灌上黑糖水,还可以一杯一杯地往外倒。规模大一点的是荷花盆,真有花有叶,盆里灌黑糖水。最简单的是用模型翻制小饼,用芝麻做馅。后来还有"仿膳"的伙计出来做这一行生意,善用豌豆泥制各式各样的点心,大八件、小八件,什么卷酥、喇嘛糕、枣泥饼、花糕,五颜六色,应有尽有,惟妙惟肖。

"豌豆黄"之下街卖者是粗的一种,制时未去皮,加红枣,切成三尖形叠立在案板上。实际上比铺子卖的较细的放在纸盒里的那种要有味得多。

"热芸豆"有红白二种,普通的吃法是用一块布挤成一个豆饼,可甜可咸。

"烂蚕豆"是俟蚕豆发芽后加五香大料煮成的,烂到一挤即出。

"铁蚕豆"是把蚕豆炒熟,其干硬似铁。牙齿不牢者不敢轻试，但亦有酥皮者，较易嚼。

夏季雨后照例有小孩提着竹篮赤足蹚水而高呼"干香豌豆"，咸滋滋的也很好吃。

"豆腐丝"，粗糙如豆腐渣，但有人拌葱卷饼而食之。

"豆渣糕"是芸豆泥做的，做圆球形，蒸食，售者以竹筷插之，一插即是两颗，加糖及黑糖水食之。

"甑儿糕"，是米面填木碗中蒸之，嗞嗞作响，顷刻而熟。

"浆米藕"是老藕孔中填糯米，煮熟切片加糖而食之。挑子周围经常环绕着馋涎欲滴的小孩子。

北平的"酪"是一项特产，用牛奶凝冻而成，夏日用冰镇，凉香可口，讲究一点的酪在酪铺发售，沿街贩卖者亦不恶。

"白薯"（即南人所谓红薯），有三种吃法，初秋街上喊"栗子味儿的"者是干煮白薯，细细小小的一根根地放在车上卖。稍后喊"锅底儿热和"者为带汁的煮白薯，块头较大，亦较甜。此外是烤白薯。

"老玉米"（即玉蜀黍）初上市时也有煮熟了在街上卖的。对于城市中人这也是一种新鲜滋味。

沿街卖的"粽子"，包得又小又俏，有加枣的，有不加枣的，摆在盘子里齐整可爱。

北平没有汤圆，只有"元宵"，到了元宵季节街上有叫卖煮元宵的。袁世凯称帝时，曾一度禁称元宵，因与"袁消"二字音同，改称汤圆，可嗤也。

糯米团子加豆沙馅，名曰"艾窝"或"艾窝窝"。

黄米面做的"切糕"，有加红豆的，有加红枣的，卖时切成斜块，插以竹签。

菱角是小的好，所以北平小贩卖的是小菱角，有生有熟，用剪去刺，当中剪开。很少有卖大的红菱者。

"老鸡头"即芡实。生者为刺囊状，内含芡实数十颗，熟者则为圆硬粒，须敲碎食其核仁。

供儿童以糖果的，从前是"打糖锣的"，后又有卖"梨糕"的，此外如"吹糖人的"，卖"糖杂面的"，都经常徘徊于街头巷尾。

"爬糕""凉粉"都是夏季平民食物，又酸又辣。

"驴肉"，听起来怪骇人的，其实切成大片瘦肉，也很好吃。是否有骆驼肉、马肉混在其中，我不敢说。

担着大铜茶壶满街跑的是卖"茶汤"的，用开水一冲，即可调成一碗茶汤，和铺子里的八宝茶汤或牛髓茶固不能比，但亦颇有味。

"油炸花生仁"是用马油炸的，特别酥脆。

北平"酸梅汤"之所以特别好，是因为使用冰糖，并加玫瑰、木樨、桂花之类。信远斋的最合标准，沿街叫卖的便徒有其名了，而且加上天然冰亦颇有碍卫生。卖酸梅汤的普通兼带"玻璃粉"及小瓶用玻璃球做盖的汽水。"果子干"也是重要的一项副业，用杏干、柿饼、鲜藕煮成。"玫瑰枣"也很好吃。

冬天卖"糖葫芦"，裹麦芽糖或糖稀的不太好，蘸冰糖的才好吃。各种原料皆可制糖葫芦，唯以"山里红"为正宗。其他如海棠、山药、山药豆、杏干、核桃、荸荠、橘子、葡萄、金橘等均佳。

北地苦寒，冬夜特别寂静，令人难忘的是那卖"水萝卜"的声音："萝卜——赛梨——辣了换！"那红绿萝卜，多汁而甘脆，切得又好，对于北方偎在火炉旁边的人特别有沁人脾胃之效。这等萝卜，别处没有。

有一种内空而瘦小的花生，大概是拣选出来的不够标准的花生，炒焦了之后，其味特香，远在白胖的花生之上,名曰"抓空儿",亦冬夜的一种点缀。

夜深时往往听到沉闷而迟缓的"硬面饽饽"声,有光头、凸盖、镯子等,亦可充饥。

水果类则四季不绝地应世,诸如三白的大西瓜、蛤蟆酥、羊角蜜、老头儿乐、鸭儿梨、小白梨、肖梨、糖梨、烂酸梨、沙果、苹果、虎拉车、杏、桃、李、山里红、柿子、黑枣、嘎嘎枣、老虎眼大酸枣、荸荠、海棠、葡萄、莲蓬、藕、樱桃、桑葚、槟子……不可胜举,都在沿门求售。

以上约略举说,只就记忆所及,挂漏必多。而且数十年来,北平也正在变动,有些小贩由式微而没落,也有些新的应运而生,比我长一辈的人所见所闻可能比我要丰富些,比我年轻的人可能遇到一些较新鲜而失去北平特色的事物。总而言之,北平是在向新颖而庸俗方面变,在零食小贩上即可窥见一斑。如今呢,胡尘涨宇,面目全非,这些小贩,还能保存一二与否,恐怕在不可知之数了。但愿我的回忆不是永远地成为回忆!

辑四

浅茶满酒煮生活

酒与水

王统照

"无人生而为饮水者",因为唯酒有热力,有激动的资料,"水",对于疲倦衰弱者更不相宜。

人生难道为喝白水而来吗?那样清,那样淡,味道醇化了,几乎使饮者麻木了触觉与味觉。

乏味而可厌的水却被神创造出来,强迫人喝下去;除此外,人间还有更大的不平事吗?

"将渴死,守着白水,明知是可以解救一时的危急,而想吃酒的热情不能自制。纵然救了渴死,而灵魂中的窒闷怎样才能消除。""酒",它能惹起你的兴奋,冰解了你的苦闷,漠视了痛苦,增加你向前去,向上去,向未来去的快步。总之，它是味，是力，是热情，是健康的保证者！

除却神经已经硬化了的人，哪个不存着这样似奇异而是人类本能的欲念？

但是癫狂呢，沉迷呢？

如果对"酒"先有了如此忧恐，不是人生的"白水"早已预备到他的唇吻旁边？

他对着"水"显见得十分踌躇，智慧在一边念念有词，而热情却满泛着青春的血色，也在一边对他注视。

究竟在"水"与"酒"之间，将何所取？

他的手抖颤着。

迟疑与希求的冲突，他的手向左，向右，都无勇决的力量伸出来，而智慧与热情都等待着：一在嘲笑，一在愤怒。

而且渴念焚烧着他的中心。

唯淡能永，唯无色无味能清涤肠胃。人生的日常饮料，如智慧然，此外你将何求？

无力怎能创造，无热怎能发动，无激动亦无健康，此外，即有智慧，不过是狡猾地寻求，而非勇健地担承！

两种声音，两种表现，两种的敌视与执着，对他攻击。

他的手更抖颤起来。

渴念从他的心底迸发出不能等待的喊呼,冲出了他的躯壳。于是这怯懦的人终被蹂躏结束了!

而两边嘲笑与愤怒的云翳,仍然互相争长,遮盖了他的尸身。"无人生而为饮水者!"长空中有响亮的声音。

"但'酒'是人生渴时的饮物吗?"另一种声音恳切地质问。

"能饮着智慧杯中调和的情感,那不是既可慰他的渴念,也可激动他的精神吗?"仿佛是一位公断官的判词。

但被渴死的他的躯壳却毫无回应。

愚与迟疑早把他的灵魂拖去了,那里只是一具待腐的躯壳而已!

喝茶

鲁迅

某公司又在廉价了,去买了二两好茶叶,每两洋二角。开首泡了一壶,怕它冷得快,用棉袄包起来,却不料郑重其事的来喝的时候,味道竟和我一向喝着的粗茶差不多,颜色也很重浊。

我知道这是自己错误了,喝好茶,是要用盖碗的,于是用盖碗。果然,泡了之后,色清而味甘,微香而小苦,确是好茶叶。但这是须在静坐无为的时候的,当我正写着《吃教》的中途,拉来一喝,那好味道竟又不知不觉的滑过去,像喝着粗茶一样了。

有好茶喝,会喝好茶,是一种"清福"。不过要享这

"清福",首先就须有工夫,其次是练习出来的特别的感觉。由这一极琐屑的经验,我想,假使是一个使用筋力的工人,在喉干欲裂的时候,那么,即使给他龙井芽茶,珠兰窨片,恐怕他喝起来也未必觉得和热水有什么大区别罢。所谓"秋思",其实也是这样的,骚人墨客,会觉得什么"悲哉秋之为气也",风雨阴晴,都给他一种刺戟,一方面也就是一种"清福",但在老农,却只知道每年的此际,就要割稻而已。

于是有人以为这种细腻锐敏的感觉,当然不属于粗人,这是上等人的牌号。然而我恐怕也正是这牌号就要倒闭的先声。我们有痛觉,一方面是使我们受苦的,而一方面也使我们能够自卫。假如没有,则即使背上被人刺了一尖刀,也将茫无知觉,直到血尽倒地,自己还不明白为什么倒地。但这痛觉如果细腻锐敏起来呢,则不但衣服上有一根小刺就觉得,连衣服上的接缝,线结,布毛都要觉得,倘不穿"无缝天衣",他便要终日如芒刺在身,活不下去了。但假装锐敏的,自然不在此例。

感觉的细腻和锐敏,较之麻木,那当然算是进步的,然而以有助于生命的进化为限。如果不相干,甚而至于有碍,那就是进化中的病态,不久就要收梢。我们试将享清福、抱秋心的雅人,和破衣粗食的粗人一比较,就明白究竟是谁活得下去。喝过茶,望着秋天,我于是想:不识好茶,没有秋思,倒也罢了。

9 月 30 日

寻常茶话

汪曾祺

我对茶实在是个外行。茶是喝的,而且喝得很勤,一天换三次叶子。每天起来第一件事,便是坐水,沏茶。但是毫不讲究。对茶叶不挑剔。青茶、绿茶、花茶、红茶、沱茶、乌龙茶,但有便喝。茶叶多是别人送的,喝完了一筒,再开一筒,喝完了碧螺春,第二天就可以喝蟹爪水仙。但是不论什么茶,总得是好一点的。太次的茶叶,便只好留着煮茶叶蛋。《北京人》里的江泰认为喝茶只是"止渴生津利小便",我以为还有一种功能,是:提神。《陶庵梦忆》记闵老子茶,说得神乎其神。我则有点像董日铸,以为"浓、热、满三字尽茶理"。我不喜欢喝太烫的茶,沏茶也不爱满杯。我的家乡论为客人斟茶斟酒"酒要满，茶要浅"，茶斟得太满是对客人不敬，甚至是骂人。于是就只剩下一个字：浓。我喝茶是喝得很酽的。曾在机关开会，有女同志尝了我的一口茶，说是"跟药一样"。因此，写不出关于茶的文章。要写，也是些平平常常的话。

我读小学五年级那年暑假，我的祖父不知怎么忽然高了兴，要教我读书。"穿堂"的右侧有两间空屋。里间是佛堂，挂了一幅丁云鹏画的佛像，佛的袈裟是朱红的。佛像下，是一尊乌斯藏铜佛。我的祖母每天早晚来烧一炷香。外间本是个贮藏室，房梁上挂着干菜，干的粽叶，靠墙有一缸"臭卤"，面筋、百叶、笋头、苋菜秸都放在里面臭。临窗设一方桌，便是我的书桌。祖父每天早晨来讲《论语》一章，剩下的时间由我自己写大小字各一张。大字写《圭峰碑》，小字写《闲邪公家传》，都是祖父从他的藏帖里拿来给我的。隔日作文一篇，还不是正式的八股，是一种叫做"义"的文体，只是解释《论语》的内容。题目是祖父出的。我共做了多少篇"义"，已经不记得了。只记得有一题是"孟子反不伐义"。

祖父生活俭省，喝茶却颇考究。他是喝龙井的，泡在一个深栗色的扁肚子的宜兴砂壶里,用一个细瓷小杯倒出来喝。他喝茶喝得很酽,一次要放多半壶茶叶。喝得很慢,喝一口,还得回味一下。

他看看我的字、我的文;有时会另拿一个杯子,让我喝一杯他的茶。真香。从此我知道龙井好喝,我的喝茶浓酽,跟小时候的熏陶也有点关系。

后来我到了外面,有时喝到龙井茶,会想起我的祖父,想起孟子反。

我的家乡有"喝早茶"的习惯,或者叫做"上茶馆"。上茶馆其实是吃点心,包子、蒸饺、烧麦、千层糕……茶自然是要喝的。在点心未端来之前,先上一碗干丝。我们那里原先没有煮干丝,只有烫干丝。干丝在一个敞口的碗里堆成塔状,临吃,堂倌把装在一个茶杯里的佐料——酱油、醋、麻油浇入。喝热茶、吃干丝,一绝!

抗日战争时期,我在昆明住了七年,几乎天天泡茶馆。"泡茶馆"是西南联大学生特有的说法。本地人叫做"坐茶馆","坐",本有消磨时间的意思,"泡"则更胜一筹。这是从北京带过去的一个字,"泡"者,长时间地沉溺其中也,与"穷泡""泡蘑菇"的"泡"是同一语源。

联大学生在茶馆里往往一泡就是半天。干什么的都有。聊天、看书、写文章。有一位教授在茶馆是读梵文。有一位研究生,可称泡茶馆的冠军。此人姓陆,是一怪人。他曾经徒步旅行了半个中国,读书甚多,而无所著述,不爱说话。他简直是"长"在茶馆里。上午、下午、晚上,要一杯茶,独自坐着看书。他连漱洗用具都放在一家茶馆里,一起来就到茶馆里洗脸刷牙。听说他后来流落在四川,穷困潦倒而死,悲夫!

昆明茶馆里卖的都是青茶,茶叶不分等次,泡在盖碗里。文林街后来开了家"摩登"茶馆,用玻璃杯卖绿茶、红茶——滇红、滇绿。滇绿色如生青豆,滇红色似"中国红"葡萄酒,茶叶都很厚。滇红尤其经泡,三开之后,还有茶色。我觉得滇红比祁(门)红、英(德)红都好,这也许是我的偏见。当然比斯里兰卡的"利普顿"要差一些——有人喝不来"利普顿",说是味道很怪。人之好恶,不能勉强。

我在昆明喝过烤茶。把茶叶放在粗陶的烤茶罐里,放在炭火上烤得半焦,倾入滚水,茶香扑人。几年前在大理街头看到有烤茶罐卖,犹豫一下,没有买。买了,放在煤气灶上烤，也不会有那样的味道。

一九四六年冬，开明书店在绿杨村请客。饭后，我们到巴金先生家喝功夫茶。几个人围着浅黄色的老式圆桌，看陈蕴珍（萧珊）"表演"：濯器、炽炭、注水、淋壶、筛茶。每人喝了三小杯。我第一次喝功夫茶，印象深刻。这茶太酽了，只能喝三小杯。在座的除巴先生夫妇，有靳以、黄裳。一转眼，四十三年了。靳以、萧珊都不在了。巴老衰病，大概没有喝一次功夫茶的兴致了。那套紫砂茶具大概也不在了。

我在杭州喝过一杯好茶。

一九四七年春，我和几个在一个中学教书的同事到杭州去玩。除了"西湖景"，使我难忘的两样方物，一是醋鱼带把。所谓"带把"，是把活草鱼的脊肉剔下来，快刀切为薄片，其薄如纸，浇上好秋油，生吃。鱼肉发甜，鲜脆无比。我想这就是中国古代的"切脍"。一是在虎跑喝的一杯龙井。真正的狮峰龙井雨前新芽，每蕾皆一旗一枪，泡在玻璃杯里，茶叶皆直立不倒，载浮载沉，茶色颇淡，但入口香浓，直透肺腑，真是好茶！只是太贵了。一杯茶，一块大洋，比吃一顿饭还贵。狮峰茶名不虚，但不得虎跑水不可能有这样的味道。我自此才知道，喝茶，水是至关重要的。

我喝过的好水有昆明的黑龙潭泉水。骑马到黑龙潭，疾驰之后，下马到茶馆里喝一杯泉水泡的茶，真是过瘾。泉就在茶馆檐外地面，一个正方的小池子，看得见泉水咕嘟咕嘟往上冒。井冈山的水也很好，水清而滑。有的水是"滑"的，"温泉水滑洗凝脂"并非虚语。井冈山水洗被单，越洗越白；以泡"狗古脑"茶，色味俱发，不知道水里含了什么物质。天下第一泉、第二泉的水，我没有喝出什么道理。济南号称泉城，但泉水只能供观赏，以泡茶，不觉得有什么特点。

有些地方的水真不好。比如盐城。盐城真是"盐城"，水是咸的。中产以上人家都吃"天落水"。下雨天，在天井上方张了布幕，以接雨水，存在缸里，备烹茶用。最不好吃的水是菏泽。菏泽牡丹甲天下，因为菏泽土中含碱，牡丹喜碱性土。我们到菏泽看牡丹，牡丹极好，但是茶没法喝。不论是青茶、绿茶，沏出来一会儿就变成红茶了，颜色深如酱油，入口咸涩。由菏泽往梁山，住进招待所后，第一件事便是赶紧用不带碱味的甜水沏一杯茶。

老北京早起都要喝茶，得把茶喝"通"了，这一天才舒服。无论贫富，皆如此。一九四八年我在午门历史博物馆工作。馆里有几位看守员，岁数都很大了。他们上班后，都是先把带来的窝头片在炉盘上烤上，然后轮流用水氽坐水沏茶。茶喝足了，才到午门城楼的展览室里去坐着。他们喝的都是花茶。

北京人爱喝花茶，以为只有花茶才算是茶（很多人把茉莉花叫做"茶叶花"）。我不太喜欢花茶，但好的花茶例外，比如老舍先生家的花茶。

老舍先生一天离不开茶。他到莫斯科开会，苏联人知道中国人爱喝茶，倒是特意给他预备了一个热水壶。可是，他刚沏了一杯茶，还没喝几口，一转脸，服务员就给倒了。老舍先生很愤慨地说："他不知道中国人喝茶是一天喝到晚的！"一天喝茶喝到晚，也许只有中国人如此。外国人喝茶都是论"顿"的，难怪那位服务员看到多半杯茶放在那里，以为老先生已经喝完了，不要了。

龚定庵以为碧螺春天下第一。我曾在苏州东山的"雕花楼"喝过一次新采的碧螺春。"雕花楼"原是一个华侨富商的住宅，楼是进口的硬木造的，到处都雕了花，八仙庆寿、福禄寿三星、龙、凤、牡丹……真是集恶俗之大成。但碧螺春真是好。不过茶是泡在大碗里的，我觉得这有点煞风景。后来问陆文夫，文夫说碧螺春就是讲究用大碗喝的。茶极细，器极粗，亦怪！

我还在湖南桃源喝过一次擂茶。茶叶、老姜、芝麻、米加盐放在一个擂钵里，用硬木的擂棒"擂"成细末，用开水冲开，便是擂茶。我在《湘行二记》中对擂茶有较详细的叙述，为省篇幅，不再抄引。

茶可入馔，制为食品。杭州有龙井虾仁，想不恶。裘盛戎曾用龙井茶包饺子，可谓别出心裁。日本有茶粥。《俳人的食物》说俳人小聚，食物极简单，但"唯茶粥一品，万不可少"。茶粥是啥样的呢？我曾用粗茶叶煎汁，加大米熬粥，自以为这便是"茶粥"了。有一阵子，我每天早起喝我所发明的茶粥，自以为很好喝。四川的樟茶鸭子乃以柏树枝、樟树叶及茶叶为熏料，吃起来有茶香而无茶味。曾吃过一块龙井茶心的巧克力，这简直是恶作剧！用上海人的话说：巧克力与龙井茶实在完全"弗搭界"。

1989 年 9 月 16 日

吃酒

丰子恺

酒,应该说饮,或喝。然而我们南方人都叫吃。古诗中有"吃茶",那么酒也不妨称吃。说起吃酒,我忘不了下述几种情境:

二十多岁时,我在日本结识了一个留学生,崇明人黄涵秋。此人爱吃酒,富有闲情逸致。我二人常常共饮。有一天风和日暖,我们乘小火车到江之岛去游玩。这岛临海的一面,有一片平地,芳草如茵,柳阴如盖,中间设着许多矮榻,榻上铺着红毡毯,和环境作成强烈的对比。我们两人踞坐一榻,就有束红带的女子来招待。"两瓶正宗,两个壶烧。"正宗是日本的黄酒,色香味都不亚于绍兴酒。壶烧是这里的名菜，日本名叫tsuboyaki，是一种大螺蛳，名叫荣螺（sazae），约有拳头来大，壳上生许多刺，把刺修整一下，可以摆平，像三足鼎一样。把这大螺蛳烧杀，取出肉来切碎，再放进去，加入酱油等调味品，煮熟，就用这壳作为器皿，请客人吃。这器皿像一把壶，所以名为壶烧。其味甚鲜，确是侑酒佳品。用的筷子更佳：这双筷用纸袋套好，纸袋上印着"消毒割箸"四个字，袋上又插着一个牙签，预备吃过之后用的。从纸袋中拔出筷来，但见一半已割裂，一半还连接，让客人自己去裂开来。这木头是消毒过的，而且没有人用过，所以用时心地非常快适。且说我和老黄在江之岛吃壶烧酒，三杯入口，万虑皆消。海鸟长鸣，天风振袖。但觉心旷神怡，仿佛身在仙境。老黄爱调笑，看见年青侍女，就和她搭讪，问年纪，问家乡，引起她身世之感，使她掉下泪来。于是临走多给小账，约定何日重来。我们又仿佛身在小说中了。

又有一种情境，也忘不了。吃酒的对手还是老黄，地点却在上海城隍庙里。这里有一家素菜馆，叫做春风松月楼，百年老店，名闻遐迩。我和老黄都在上海当教师，每逢闲暇，便相约去吃素酒。我们的吃法很经济：两斤酒，两碗"过浇面",一碗冬菇,一碗什锦。所谓过浇,就是浇头不浇在面上,而另盛在碗里,作为酒菜。等到酒吃好了,才要面底子来当饭吃。人们叫别了,常喊作"过桥面"。这里的冬菇非常肥鲜,十景也非常入味。浇头的分量不少,下酒之后,还有剩余,可以浇在面上。我们常常去吃,后来那堂倌熟悉了,看见我们进去,就叫:"过桥客人来了,请坐请坐!"现在,老黄早已作古,这素菜馆也改头换面,不可复识了。

另有一种情境,则见于患难之中。那年日本侵略中国,石门湾沦陷,我们一家老幼九人逃到杭州,转桐庐,在城外河头上租屋而居。那屋主姓盛,兄弟四人。我们租住老三的屋子,隔壁就是老大,名叫宝函。他有一个孙子,名叫贞谦,约十七八岁,酷爱读书,常常来向我请教问题,因此宝函也和我要好,常常邀我到他家去坐。这老翁年约六十多岁,身体很健康,常常坐在一只小桌旁边的圆鼓凳上。我一到,他就请我坐在他对面的椅子上,站起身来,揭开鼓凳的盖,拿出一把大酒壶来,在桌上的杯子里满满地斟了两盅;又向鼓凳里摸出一把花生米来,就和我对酌。他的鼓凳里装着棉絮,酒壶裹在棉絮里,可以保暖，斟出来的两碗黄酒，热气腾腾。酒是自家酿的，色香味都上等。我们就用花生米下酒，一面闲谈。谈的大都是关于他的孙子贞谦的事。他只有这孙子，很疼爱他，说："这小人一天到晚望书，身体不好……"望书即看书，是桐庐土白。我用空话安慰他，骗他酒吃。骗得太多，不好意思，我准备后来报谢他。但我们住在河头上不到一个月，杭州沦陷，我们匆匆离去，终于没有报谢他的酒惠。现在，这老翁不知是否在世，贞谦已入中年，情况不得而知。

最后一种情境，见于杭州西湖之畔。那时我僦居在里西湖招贤寺隔壁的小平屋里，对门就是孤山，所以朋友送我一副对联，叫做"居邻葛岭招贤寺，门对孤山放鹤亭"。家居多暇，则闲坐在湖边的石凳上，欣赏湖光山色。每见一中年男子，蹲在岸上，向湖边垂钓。他钓的不是鱼，而是虾。钓钩上装一粒饭米，挂在岸石边。一会儿拉起线来，就有很大的一只虾。其人把它关在一个瓶子里。于是再装上饭米，挂下去钓。钓得了三四只大虾，他就把瓶子藏入藤篮里，起身走了。我问他："何不再钓几只？"他笑着回答说："下酒够了。"我跟他去，见他走进岳坟旁边的一家酒店里，拣一座头坐下了。我就在他旁边的桌上坐下，叫酒保来一斤酒，一盆花生米。他也叫一斤酒，却不叫菜，取出瓶子来，用钓丝缚住了这三四只虾，拿到酒保烫酒的开水里去一浸，不久取出，虾已经变成红色了。他向酒保要一小碟酱油，就用虾下酒。我看他吃菜很省，一只虾要吃很久，由此可知此人是个酒徒。

此人常到我家门前的岸边来钓虾。我被他引起酒兴，也常跟他到岳坟去吃酒。彼此相熟了，但不问姓名。我们都独酌无伴，就相与交谈。他知道我住在这里，问我何不钓虾。我说我不爱此物。他就向我劝诱，尽力宣扬虾的滋味鲜美，营养丰富。又教我钓虾的窍门。他说："虾这东西，爱躲在湖岸石边。你倘到湖心去钓，是永远钓不着的。这东西爱吃饭粒和蚯蚓，但蚯蚓腥腻，它吃了，你就吃它，等于你吃蚯蚓。所以我总用饭粒。你看，它现在死了，还抱着饭粒呢。"他提起一只大虾来给我看，我果然看见那虾还抱着半粒饭。他继续说："这东西比鱼好得多。鱼，你钓了来，要剖，要洗，要用油盐酱醋来烧，多少麻烦。这虾就便当得多：只要到开水里一煮，就好吃了。不须花钱，而且新鲜得很。"他这钓虾论讲得头头是道，我真心赞叹。

这钓虾人常来我家门前钓虾,我也好几次跟他到岳坟吃酒,彼此熟识了,然而不曾通过姓名。有一次,夏天,我带了扇子去吃酒。他借看我的扇子,看到了我的名字,吃惊地叫道:"啊,我有眼不识泰山!"于是叙述他曾经读过我的随笔和漫画,说了许多仰慕的话。我也请教他姓名,知道他姓朱,名字现已忘记,是在湖滨旅馆门口摆刻字摊的。下午收了摊,常到里西湖来钓虾吃酒。此人自得其乐,甚可赞佩。可惜不久我就离开杭州,远游他方,不再遇见这钓虾的酒徒了。

写这篇琐记时,我久病初愈,酒戒又开。回想上述情景,酒兴顿添。正是:"昔年多病厌芳樽,今日芳樽唯恐浅。"

沙坪的酒

丰子恺

胜利快来到了。逃难的辛劳渐渐忘却了。我辞去教职，恢复了战前的闲居生活。住在重庆郊外的沙坪坝庙湾特五号自造的抗建式小屋中的数年间，晚酌是每日的一件乐事，是白天笔耕的一种慰劳。

我不喜吃白酒，味近白酒的白兰地，我也不要吃。巴拿马赛会得奖的贵州茅台酒，我也不要吃。总之，凡白酒之类的，含有多量酒精的酒，我都不要吃。所以我逃难中住在广西贵州的几年，差不多戒酒。因为广西的山花，贵州的茅台，均含有多量酒精，无论本地人说得怎样好，我都不要吃。

自从由贵州茅台酒的产地遵义迁居到重庆沙坪坝，我开始恢复晚酌，酌的是"渝酒"，即重庆人仿造的黄酒。

富有风趣的一位朋友讥笑我说："你不吃白酒，而爱吃黄酒，我知道你的意思了：吃白酒是不出钱的，揩别人的油。你不用人间造孽钱，笔耕墨稼，自食其力，所以讨厌'白酒'两字。黄酒是你们故乡的特产，你身窜异地，心念故乡，所以爱吃黄酒。对不对？"我说："其然，岂其然欤？"这朋友的话颇有诗意，然而并没有猜中我不爱白酒爱黄酒的原因。揩别人的油，原是我所不欲的；然而吃酒揩油，我觉得比其他的揩油好些。古人诗云："三杯不记主人谁。"吃酒是兴味的，是无条件的，是艺术的。既然共饮，就不必斤斤计较酒的所有权；吝情去留，反而杀风景，反而有伤生活的诗趣。我倒并不绝对不吃"白酒"（不出钱的酒）。至于为了怀乡而吃黄酒，也大可不必。我住在大后方各省各地的时候，天天嘴上所说的是家乡土白。若要怀乡，这已尽够，不必再用吃黄酒来表示了。

我所以不喜白酒而喜黄酒，原因很简单：就为了白酒容易醉，而黄酒不易醉。"吃酒图醉，放债图利"，这种功利的吃酒，实在不合于吃酒的本旨。吃饭，吃药，是功利的。吃饭求饱，吃药求愈，是对的。但吃酒这件事，性状就完全不同。吃酒是为兴味，为享乐，不是求其速醉。譬如二三人情投意合，促膝谈心，倘添上各人一杯黄酒在手，话兴一定更浓。吃到三杯，心窗洞开，真情挚语，娓娓而来。古人所谓"酒三昧"，即在于此。但决不可吃醉，醉了，胡言乱道，诽谤唾骂，甚至呕吐，打架。那真是不会吃酒，违背吃酒的本旨了。所以吃酒决不是图醉。所以容易醉人的酒决不是好酒。巴拿马赛会的评判员倘换了我，一定把一等奖给绍兴黄酒。

沙坪的酒，当然远不及杭州、上海的绍兴酒。然而"使人醺醺而不醉"，这重要条件是具足了的。人家都讲究好酒，我却不大关心。有的朋友把从上海坐飞机来的真正"陈绍"送我。其酒固然比沙坪的酒气味清香些，上口舒适些；但其效果也不过是"醺醺而不醉"。在抗战期间，请绍酒坐飞机，与请洋狗坐飞机有相似的意义。这意义所给人的不快，早已抵消了其气味的清香与上口的舒适了。我与其吃这种绍酒，宁愿吃沙坪的渝酒。

"醉翁之意不在酒"，这真是善于吃酒的人说的至理名言。我抗战期间在沙坪小屋中的晚酌，正是"意不在酒"。我借饮酒作为一天的慰劳，又作为家庭聚会的一种助兴品。在我看来，晚餐是一天的大团圆。我的工作完毕了；读书的、办公的孩子们都回来了；家离市远，访客不再光临了；下文是休息和睡眠，时间尽可从容了。若是这大团圆的晚餐只有饭菜而没有酒，则不能延长时间，匆匆地把肚皮吃饱就散场，未免太功利的，太少兴趣。况且我的吃饭，从小养成一种快速习惯，要慢也慢不来。有的朋友吃一餐饭能消磨一两小时，我不相信他们如何吃法。在我，吃一餐饭至多只花十分钟。这是我小时从李叔同先生学钢琴时养成的习惯。那时我在师范学校读书，只有吃午饭后到一点钟上课的时间，和吃夜饭后到七点钟上自修的时间，是教弹琴的时间。我十二点吃午饭，十二点一刻须得到弹琴室；六点钟吃夜饭，六点一刻须得到弹琴室。吃饭，洗碗，洗面，都要在十五分钟内了结。这样的数年，使我养成了快吃的习惯。后来虽无快吃的必要，但我仍是非快不可。这就好比反刍类的牛，野生时代因为怕狮虎侵害而匆匆地把草吞入胃内，急忙回到洞内，再吐出来细细地咀嚼，养成了反刍的习惯；做了家畜以后，虽无快吃的必要，但它仍是要反刍。如果有人劝我慢慢吃，在我是一件苦事。因为慢吃违背了惯性，很不自然，很不舒服。一天的大团圆的晚餐，倘使我以十分钟了事，岂不太草草了？所以我的晚酌，意不在酒，是要借饮酒来延长晚餐的时间，增加晚餐的兴味。

沙坪的晚酌，回想起来颇有兴味。那时我的儿女五人，正在大学或专科或高中求学，晚上回家，报告学校的事情，讨论学业的问题。他们的身体在我的晚酌中渐渐地高大起来。我在晚酌中看他们升级，看他们毕业，看他们任职。就差一个没有看他们结婚。在晚酌中看成群的儿女长大成人，照一般的人生观说来是"福气"，照我的人生观说来只是"兴味"。这好比饮酒赏春，眼看花草树木，欣欣向荣；自然的美，造物的用意，神的恩宠，我在晚酌中历历地感到了。陶渊明诗云："试酌百情远，重觞忽忘天。"我在晚酌三杯以后，便能体会这两句诗的真味。我曾改古人诗云："满眼儿孙身外事，闲将美酒对银灯。"因为沙坪小屋的电灯特别明亮。

还有一种兴味，却是千载一遇的：我在沙坪小屋的晚酌中，眼看抗战局势的好转。我们白天各自看报，晚餐桌上大家报告讨论。我在晚酌中眼看东京的大轰炸，莫索里尼（墨索里尼）的被杀，德国的败亡，独山的收复，直到波士坦（波茨坦）宣言的发出，八月十日夜日本的无条件投降。我的酒味越吃越美。我的酒量越吃越大，从每晚八两增加到一斤。大家说我们的胜利是有史以来的一大奇迹。我更觉得奇怪。我的胜利的欢喜，是在沙坪小屋晚上吃酒吃出来的！所以我确认，世间的美酒，无过于沙坪坝的四川人仿造的渝酒。我有生以来，从未吃过那样的美酒。即如现在，我已"胜利复员，荣归故乡"；故乡的真正陈绍，比沙坪坝的渝酒好到不可比拟，我也照旧每天晚酌；然而味道远不及沙坪坝的渝酒。因为晚酌的下酒物，不是物价狂涨，便是盗贼蜂起；不是贪污舞弊，便是横暴压迫！沙坪小屋中的晚酌的那种兴味，现在了不可得了！唉，我很想回重庆去，再到沙坪小屋里去吃那种美酒。

1947年2月于杭州

饮酒

梁实秋

酒实在很妙,几杯落肚之后就会觉得飘飘然、醺醺然。平素道貌岸然的人,也会绽出笑脸;一向沉默寡言的人,也会议笑风生。再灌下几杯之后,所有的苦闷烦恼全都忘了,酒酣耳热,只觉得意气飞扬,不可一世,若不及时知止,可就难免玉山颓欹,剔吐纵横,甚至撒疯骂座,以及种种的酒失酒过全部地呈现出来。莎士比亚的《暴风雨》里的卡力班,那个象征原始人的怪物,初尝酒味,觉得妙不可言,以为把酒给他喝的那个人是自天而降,以为酒是甘露琼浆,不是人间所有物。美洲印第安人初与白人接触,就是被酒所倾倒,往往不惜举土地界人以交换一些酒浆。

我们中国人饮酒,历史久远。发明酒者,一说是仪狄,又说是杜康。仪狄夏朝人,杜康周朝人,相距很远,总之是无可稽考。也许制酿的原料不同、方法不同,所以仪狄的酒未必就是杜康的酒。《尚书》有"酒诰"之篇,谆谆以酒为戒,一再地说"祀兹酒"(停止这样的喝酒),"无彝酒"(勿常饮酒),想见古人饮酒早已相习成风,而且到了"大乱丧德"的地步。三代以上的事多不可考,不过从汉起就有酒榷之说,以后各代因之,都是课税以裕国帑,并没有寓禁于征的意思。酒很难禁绝,美国一九二〇年起实施酒禁,雷厉风行,依然到处都有酒喝。当时笔者道出纽约,有一天友人邀我食于某中国餐馆,入门直趋后室,索五加皮,开怀畅饮。忽警察闯入,友人止予勿惊。这位警察徐徐就座,解手枪,锵然置于桌上,索五加皮独酌,不久即伏案酣睡。一九三三年酒禁废,直如一场儿戏。民之所好,非政令所能强制。在我们中国,汉萧何造律:"三人以上无故群饮,罚金四两。"此律不曾彻底实行。事实上,酒楼妓馆处处笙歌,无时不飞觞醉月。文人雅士水边修禊,山上登高,一向离不开酒。名士风流,以为持螯把酒，便足了一生，甚至于酗饮无度，扬言"死便埋我"，好像大量饮酒不是什么不很体面的事，真所谓"酗于酒德"。

对于酒，我有过多年的体验。第一次醉是在六岁的时候，侍先君饭于致美斋（北平煤市街路西）楼上雅座，窗外有一棵不知名的大叶树，随时簌簌作响。连喝几盅之后，微有醉意，先君禁我再喝，我一声不响站立在椅子上舀了一匙高汤，泼在他的一件两截衫上。随后我就倒在旁边的小木炕上呼呼大睡，回家之后才醒。我的父母都喜欢酒，所以我一直都有喝酒的机会。"酒有别肠，不必长大"，语见《十国春秋》，意思是说酒量的大小与身体的大小不必成正比例，壮健者未必能饮，瘦小者也许能鲸吸。我小时候就是瘦弱如一根绿豆芽。酒量是可以慢慢磨炼出来的，不过有其极限。我的酒量不大，我也没有亲见过一般人所艳称的那种所谓海量。古代传说"文王饮酒千钟，孔子百觚"，王充《论衡·语增篇》就大加驳斥，他说："文王之身如防风之君，孔子之体如长狄之人，乃能堪之。"且"文王孔子率礼之人也"，何至于醉酗乱身？就我孤陋的见闻所及，无论是"青州从事"或"平原督邮"，大抵白酒一斤或黄酒三五斤即足以令任何人头昏目眩、黏牙倒齿。唯酒无量，以不及于乱为度，看各人自制力如何耳。不为酒困，便是高手。

酒不能解忧，只是令人在由兴奋到麻醉的过程中暂时忘怀一切。即刘伶所谓"无思无虑，其乐陶陶"。可是酒醒之后，所谓"忧心如酲"，那份病酒的滋味很不好受，所付代价也不算小。我在青岛居住的时候，那地方背山面海，风景如绘，在很多人心目中是最理想的卜居之所，唯一缺憾是很少文化背景，没有古迹耐人寻味，也没有适当的娱乐。看山观海，久了也会腻烦，于是呼朋聚饮，三日一小饮，五日一大宴，划拳行令，三十斤花雕一坛，一夕而罄。七名酒徒加上一位女史，正好八仙之数，乃自命为酒中八仙。有时且结伙远征，近则济南，远则南京、北京，不自谦抑，狂言"酒压胶济一带，拳打南北二京"，高自期许，俨然豪气干云的样子。当时作践了身体，这笔账日后要算。一日，胡适之先生过青岛小憩，在宴席上看到八仙过海的盛况大吃一惊，急忙取出他太太给他的一个金戒指，上面镌有"戒"字，戴在手上，表示免战。过后不久，胡先生就写信给我说："看你们喝酒的样子，就知道青岛不宜久居，还是到北京来吧！"我就到北京去了。现在回想当年酗酒，哪里算得是勇，简直是狂。

酒能削弱人的自制力，所以有人酒后狂笑不止，也有人痛哭不已，更有人口吐洋语滔滔不绝，也许会把平素不敢告人之事吐露一二，甚至把别人的隐私也当众抖搂出来。最令人难堪的是强人饮酒，或单挑，或围剿，或投下井之石，千方万计要把别人灌醉，有人诉诸武力，捏着人家的鼻子灌酒！这也许是人类长久压抑下的一部分兽性之发泄，企图获取胜利的满足，比拿起石棒给人迎头一击要文明一些而已。那咄咄逼人的声嘶力竭的划拳，在赢拳的时候，那一声拖长了的绝叫，也是表示内心的一种满足。在别处得不到满足，就让他们在聚饮的时候如愿以偿吧！只是这种闹饮，以在有隔音设备的房间里举行为宜，免得侵扰他人。

《菜根谭》所谓"花看半开，酒饮微醺"的趣味，才是最令人低回的境界。

喝茶

梁实秋

我不善品茶，不通茶经，更不懂什么茶道，从无两腋之下习习生风的经验。但是，数十年来，喝过不少茶，北平的双窨、天津的大叶、西湖的龙井、六安的瓜片、四川的沱茶、云南的普洱、洞庭湖的君山茶、武夷山的岩茶，甚至不登大雅之堂的茶叶梗与满天星随壶净的高末儿，都尝试过。茶是中国人的饮料，口干解渴，唯茶是尚。茶字，形近于荼，声近于槚，来源甚古，流传海外，凡是有中国人的地方就有茶。人无贵贱，谁都有份，上焉者细啜名种，下焉者牛饮茶汤，甚至路边埂畔还有人奉茶。北人早起，路上相逢，辄问讯："喝茶未？"茶是开门七件事之一，乃人生必需品。

孩提时，屋里有一把大茶壶，坐在一个有棉衬垫的藤箱里，相当保温，要喝茶自己斟。我们用的是绿豆碗，这种碗大号的是饭碗，小号的是茶碗，做绿豆色，粗糙耐用，当然和宋瓷不能比，和江西瓷不能比，和洋瓷也不能比，可是有一股朴实厚重的风貌，现在这种碗早已绝迹，我很怀念。这种碗打破了不值几文钱，脑勺子上也不至于挨巴掌。银托白瓷小盖碗是祖父母专用的，我们看着并不羡慕。看那小小的一盏，两口就喝光，泡两三回就得换茶叶，多麻烦。如今盖碗很少见了，除非是到台北故宫博物院拜会蒋院长，他那大客厅里总是会端出盖碗茶敬客。再不就是电视剧中也看见有盖碗茶，可是演员一手执盖一手执碗缩着脖子啜茶那副狼狈相，令人发噱，因为他不知道喝盖碗茶应该是怎样的喝法。他平素自己喝茶大概一直是用玻璃杯、保温杯之类。如今，我们此地见到的盖碗，多半是近年来本地制造的"万寿无疆"的那种样式，瓷厚了一些；日本制的盖碗，样式微有不同，总觉得有些怪怪的。近有人带来我三十多年前天天使用的一只瓷盖碗，原是十二套，只剩此一套了，碗沿还有一点磕损，睹此旧物，勾起往日的心情，不禁黯然。盖碗究竟是最好的茶具。

茶叶品种繁多，各有擅场。有友来自徽州，同学清华，徽州产茶胜地，但是他看到我用一撮茶叶放在壶里沏茶，表示惊讶，因为他只知道茶叶是烘干打包捆载上船沿江运到沪杭求售，剩下来的茶梗才是家人饮用之物。恰如北人所谓"卖席的睡凉炕"。我平素喝茶，不是香片就是龙井，多次到大栅栏东鸿记或西鸿记去买茶叶，在柜台面前一站，徒弟搬来凳子让坐，看伙计称茶叶，分成若干小包，包得见棱见角，那份手艺只有药铺伙计可以媲美。茉莉花窨过的茶叶，临卖的时候再抓一把鲜茉莉花放在表面上，所以叫作双窨。于是茶店里经常是茶香花香，郁郁菲菲。父执有名玉贵者，旗人，精于饮馔，居恒以一半香片一半龙井混合沏之，有香片之浓馥，兼龙井之苦清。吾家效而行之，无不称善。茶以人名，乃径呼此茶为"玉贵"，私家秘传，外人无由得知。

其实，清茶最为风雅。抗战前造访知堂老人于苦茶庵，主客相对总是有清茶一盅，淡淡的、涩涩的、绿绿的。我曾屡侍先君游西子湖，从不忘记品尝当地的龙井，不需要攀登南高峰风篁岭，近处平湖秋月就有上好的龙井茶，开水现冲，风味绝佳。茶后进藕粉一碗，四美具矣。正是"穿牖而来，夏日清风冬日日；卷帘相见，前山明月后山山"（骆成骧联）。有朋自六安来，贻我瓜片少许，叶大而绿，饮之有荒野的气息扑鼻。其中西瓜茶一种，真有西瓜风味。我曾过洞庭，舟泊岳阳楼下，购得君山茶一盒。沸水沏之，每片茶叶均如针状直立漂浮，良久始舒展下沉，味品清香不俗。

初来台湾，粗茶淡饭，颇想倾阮囊之所有在饮茶一端偶作豪华之享受。一日过某茶店，索上好龙井，店主将我上下打量，取八元一斤之茶叶以应，余示不满，乃更以十二元者奉上，余仍不满，店主勃然色变，厉声曰："买东西，看货色，不能专以价钱定上下。提高价格，自欺欺人耳！先生奈何不察？"我爱其戆直。现在此茶店门庭若市，已成为业中之翘楚。此后我饮茶，但论品味，不问价钱。

茶之以浓酽胜者莫过于工夫茶。《潮嘉风月记》说工夫茶要细炭初沸连壶带碗泼浇，斟而细呷之，气味芳烈，较嚼梅花更为清绝。我没嚼过梅花，不过我旅居青岛时有一位潮州澄海朋友，每次聚饮酩酊，辄相偕走访一潮州帮巨商于其店肆。肆后有密室，烟具、茶具均极考究，小壶、小盅有如玩具。更有娈婉丱童伺候煮茶、烧烟，因此经常饱吃工夫茶，诸如铁观音、大红袍，吃了之后还携带几匣回家。不知是否故弄玄虚，谓炉火与茶具相距以七步为度，沸水之温度方合标准。举小盅而饮之，若饮罢径自返盅于盘，则主人不悦，须举盅至鼻头猛嗅两下。这茶最具解酒之功，如嚼橄榄，舌根微涩，数巡之后，好像是越喝越渴，欲罢不能。喝工夫茶，要有工夫，细呷细品，要有设备，要人服侍，如今乱糟糟的社会里谁有那么多的工夫？红泥小火炉哪里去找？伺候茶汤的人更无论矣。普洱茶，漆黑一团，据说也有绿色者，泡烹出来黑不溜秋，粤人喜之。在北平，我只在正阳楼看人吃烤肉，吃得口滑肚子膨脖不得动弹，才高呼堂倌泡普洱茶。四川的沱茶亦不恶，唯一般茶馆应市者非上品。台湾的乌龙名震中外，大量生产，佳者不易得。处处标榜冻顶，事实上哪里有那么多冻顶？

喝茶，喝好茶，往事如烟。提起喝茶的艺术，现在好像谈不到了，不提也罢。

"啤酒"啤酒

梁实秋

两年前有一天我的女儿文蔷拿来三罐啤酒，分别注入三个酒杯，她不告诉我各个的牌名，要我品尝一下，何者为最优。我端起酒杯，先放在鼻下一嗅，轻轻浅尝一口，在舌端品味，然后含一大口在嘴里停留一下再咕噜一声下咽，好像我真懂品酒似的。三杯品尝过后，迟疑了一阵，下判断说："这一杯比较最香最美。"她笑着记下我所投的一票。

然后她另换三个杯子，也各注入不同商标的啤酒，要我的外孙邱君达来品尝。他已成年，可以喝酒。他喝了之后，皱皱眉头，说："我认为这一杯最好。"她又记下了他所投的一票。

她再换三杯，斟满了酒，要我的外孙君迈参加评判。他一杯一大口，耸肩摊手，说："差不太多，比较这一杯较佳。"她又记下他的一票。

她说："现在我要宣布品评的结果了。我选的三种不同的啤酒，第一种是瑞尼尔啤酒，是有名的老牌子……"我证实她的话说："不错，是老牌子，我在六十九年前就喝过瑞尼尔啤酒，那时候美国正在禁酒，但是啤酒不禁，所以我很喝过些瓶。那时候啤酒尚无罐装，只有大小两种玻璃瓶装。我喝惯了站人牌、太阳牌啤酒，初喝瑞尼尔牌觉得味淡而香，留有很好印象。透明的玻璃瓶，标签上印着西雅图附近山巅积雪的瑞尼尔山。"她接着说："第二种是奥仑比克啤酒。"我立即忆起十年前参观过的西雅图南边的奥仑比克啤酒厂，厂房规模不小，参观者络绎不绝，分批由专人讲解招待，展示啤酒酿造过程，最后飨客啤酒一大杯。此后我常喝奥仑比克啤酒。酒罐上有一句标语："It's the water.（是由于水好。）"这句话很传神。她最后介绍第三种，没有牌名，本地人称之为"啤酒"啤酒（"Beer" beer）。

这就怪了。什么叫做"啤酒"啤酒？

我们一致投票的结果认为最好的啤酒正是这个没有牌名的啤酒，正式的名称是 Generic Beer（无牌名的啤酒）。罐头上糊一张白纸，没有任何色彩图样和宣传文字，只有一个粗笔大字 Beer。看起来真不起眼，没有尝试过的人不敢轻易选用。本地人无以名之，名之为"啤酒"啤酒。

这个试验是有意义的，证明货的好坏不一定依赖牌名或厂家的名义，更不在于装潢，较可靠的方法是由消费者自己实际直接辨别。某一牌名或厂家的出品，能在市场建立信用，受人欢迎，当然有其理由，绝非幸致。但是老牌子的出品未必全能长久保持原来的品质，新牌子的出品亦未必全是后来居上。因此消费者要提高警觉。

货物的包装是一门学问。包装要结实，又要轻巧；要有图案，又要不讨厌；要有色彩，又要不庸俗。要有第一流的好手投入包装设计的工作里，要肯不惜工本地在包装上精益求精。佛要金装，人要衣装，货品要包装。

广告是推销术的一大重要项目。要使用各种技巧，抓住人的注意，引起人的好奇，诱发人的欲望，而时常以利用人的弱点为最厉害的手段，并且以连续不断的方式在大众面前出现，使人于不知不觉之中接受暗示，以达到销售的目的，广告的费用是成本的一部分。

无牌名货品在观念上是一项革新。为要达到物美价廉的目的，不要装潢，不做广告，赤裸裸地以本来面目在货架上与人相见。以"啤酒"啤酒来说，其价格仅约为其他名牌啤酒之一半，而其品质之高为众所公认。

无牌名货物之出现首先是在法国，时为一九七六年。有一系列的连锁超级市场名加瑞福（Carrefour）者，推出几种无牌名的商品，立即从法国推展到美国的芝加哥，先是珍宝食物商品（Jewel Grocers）采用，随即蔓延到全美各超级市场。以塔科玛为根据地的西海岸食品商店（West Coast Grocers），是推销无牌名商品的一大重镇。西雅图东北区则以阿伯孙超级市场为主要推销处，在全部食物销售量中约占百分之二，但是前势看好。有些超级市场让出整行的货架陈列无牌物品，如花生酱、纸巾、啤酒之类。也有些超级市场拒售无牌商品，如 Safeway 及 Thriftway，是他们推出本厂特产的商品，以与无牌商品抗衡。也有人指责无牌商品的品质欠佳，例如阿伯孙市场出售之无牌香草冰激凌，有人说气泡多而奶油少。但是一般而论，责难的情形很少。至少"啤酒"啤酒的声誉日隆。出产这种啤酒的是华盛顿州温哥华的大众酿造公司（General Brewing Co.），于一九七九年十一月开始上市，现已成为市场上的热门货品，在西部有六州发售。由于生产能力的限度，已无法再行扩展业务。

并不是人人都喜爱物美价廉的东西。也有人要于物美之外还要价昂，因为价昂可以满足另外一种欲望，显得自己高人一等，属于富裕的阶级，所以"啤酒"啤酒尽管是物美价廉，仍有人不惜加以摈斥，私下里喝未尝不可，公开用以待客好像是有伤体面了。

我爱"啤酒"啤酒，不仅是因为物美价廉，实乃借此表示我对于一般夸张不实的广告之厌恶。我们为什么要受某些骗人的广告的愚弄？为什么要负担不必要的广告费用、装潢费用？

我的大女儿文茜远道来探亲，文蔷知道乃姐嗜饮，问我预备什么酒好，我不假思索，脱口而出地说："啤酒"啤酒。

辑五

粗茶淡饭谈人生

吃在这个年头

俞平伯

吃的问题，在孩子群中，研究起来最有兴趣：那是因为孩子们对于吃的态度，十分认真之故。朋友H君曾和我谈过，记得他小时曾吃过苏州采芝斋的松子糖，以为是天下之至美，仿佛一直没有吃够过。其后久不得吃，想起来还觉得津津有味。大约在十多年之后罢，偶有机缘，又得把该处的松子糖畅吃一顿，觉得其味亦不过尔尔，失望之余，犹如失去了一个亲密的小友。假定糖不会变味的话，那一定是人渐渐地老了，舌头都近于麻木，对于好吃的东西，都感不出亲切的味道了。……不由地引起了一点淡淡的悲哀。我当时听了很觉同情。其后一想，悲哀似可不必，尤其不关舌头的事。大概还是人一年年的大了，遂逐渐高雅起来，不好意思单纯的表示好（去声）吃而已。久而久之，忘却了不好意思的动机，乃愈增加其叹老嗟衰的高雅了。其实呢，大人尽管笑话小孩子，试问"大人果能三日不食"乎？

不必说"大人"了，便是"伟人""圣人"只要是人，长了嘴，便人人要吃，天天要吃。普遍是普遍极了；伟大是伟大极了；讨厌呢，也确实讨厌极了。古来不少聪明的人，自然早已有见及此。要打破这种讨厌劲儿，想方设法，不厌其多。辟谷轻身之外，譬如走过屠户的门，便动几下嘴巴，或者画个饼儿看着之类。皆主张以"空吃"为主，所谓精神的安慰是也。甚至于想到"秀色可餐"，直要吃到朱樱翠黛之间的一种美丽的光华，则更觉玲珑剔透，匪夷所思。可惜他们虽主张空吃，却不能根本不提起吃，情之所钟，正在我辈，奈何，奈何。而且"空吃"的调儿一面尽管高唱入云，一面却仍是要一日三餐，老老实实，实实在在地嚼了下去，尤其是无可奈何中之无可奈何者也。

人当徘徊瞻眺于有吃与没吃之间，必无暇再研讨爱吃与不爱吃之雅。然而天下之口，有同嗜焉，好吃的终究是好吃。或者在把窝头撑起了一半胃壁的时候，仍不免要做着一碗清蒸鲥鱼的梦，或一盘炒虾仁的梦，这实在更要不得，简直是"那还了得！"这不是"需要"了，不过是一种"偏好"或"癖嗜"，殊有加以矫正的必要。然而忧时之士，似乎也可不必过于担心，这不过是个梦罢了；即令他们把虾仁鲥鱼，甚或樱桃荔枝，组成一个美丽的梦，在"空"中飘浮起来，只要碰着一点强硬的空气，把它碰得粉碎的时候，他一定愕然而止，任何偏嗜，都可消失无踪。就使你再三体贴，再四去垂询他的意见，他一定也是木木然，想都想不起来了。此则以吾家近事，可以为证：

在对虾初上市的时候，不要说吃，看着都颇有过瘾之感的。有一天吾母去买菜，看见对虾，忽然"飘起了美丽的梦"；一步步挪到摊子跟前，嗫嚅问价。（买得成否，那是另一问题，梦的现实性，不是专家还没有研究出来吗？）摆摊的尚未答言，突由旁边闯过油晃晃的厨师傅一名，挺起装满法币的大口袋，伸出巨灵之掌，把我母一推，大声叱曰："去，去！你买不起，别耽误事儿。"我母逡巡而归，回家一说，美梦一齐打破，全家静默三分钟。阿门！

论吃饭

朱自清

我们有自古流传的两句话：一是"衣食足则知荣辱"，见于《管子·牧民》篇；一是"民以食为天"，是汉朝郦食其说的。这些都是从实际政治上认出了民食的基本性，也就是说从人民方面看，吃饭第一。另一方面，告子说，"食色，性也"，是从人生哲学上肯定了食是生活的两大基本要求之一。《礼记·礼运》篇也说到"饮食男女，人之大欲存焉"，这更明白。照后面这两句话，吃饭和性欲是同等重要的，可是照这两句话里的次序，"食"或"饮食"都在前头，所以还是吃饭第一。

这吃饭第一的道理，一般社会似乎也都默认。虽然历史上没有明白的记载，但是近代的情形，据我们的耳闻目见，似乎足以教我们相信从古如此。例如苏北的饥民群到江南就食，差不多年年有。最近天津《大公报》登载的费孝通先生的《不是崩溃是瘫痪》一文中就提到这个。这些难民虽然让人们讨厌，可是得给他们饭吃。给他们饭吃固然也有一二成出于慈善心，就是恻隐心，但是八九成是怕他们，怕他们铤而走险，"小人穷斯滥矣"，什么事做不出来！给他们吃饭，江南人算是认了。

可是法律管不着他们吗？官儿管不着他们吗？干吗要怕要认呢？可是法律不外乎人情，没饭吃要吃饭是人情，人情不是法律和官儿压得下的。没饭吃会饿死，严刑峻罚大不了也只是个死，这是一群人，群就是力量：谁怕谁！在怕的倒是那些有饭吃的人们，他们没奈何只得认点儿。所谓人情，就是自然的需求，就是基本的欲望，其实也就是基本的权利。但是饥民群还不自觉有这种权利，一般社会也还不会认清他们有这种权利；饥民群只是冲动的要吃饭，而一般社会给他们饭吃，也只是默认了他们的道理，这道理就是吃饭第一。

三十年夏天笔者在成都住家，知道了所谓"吃大户"

的情形。那正是青黄不接的时候，天又干，米粮大涨价，并且不容易买到手。于是乎一群一群的贫民一面抢米仓，一面"吃大户"。他们开进大户人家，让他们煮出饭来吃了就走。这叫做"吃大户"。"吃大户"是和平的手段，照惯例是不能拒绝的，虽然被吃的人家不乐意。当然真正有势力的尤其有枪杆的大户，穷人们也识相，是不敢去吃的。敢去吃的那些大户，被吃了也只好认了。那回一直这样吃了两三天，地面上一面赶办平粜①，一面严令禁止，才打住了。据说这"吃大户"是古风；那么上文说的饥民就食，该更是古风吧。

但是儒家对于吃饭却另有标准。孔子认为政治的信用比民食更重，孟子倒是以民食为仁政的根本；这因为春秋时代不必争取人民，战国时代就非争取人民不可。然而他们论到士人，却都将吃饭看做一个不足重轻的项目。孔子说，"君子固穷"，说吃粗饭，喝冷水，"乐在其中"，又称赞颜回吃喝不够，"不改其乐"。道学家称这种乐处为"孔颜乐处"，他们教人"寻孔颜乐处"，学习这种为理想而忍

---

① 平粜（tiào），官府在荒年用平价出售积粟。

饥挨饿的精神。这理想就是孟子说的"穷则独善其身，达则兼善天下"，也就是所谓"节"和"道"。孟子一方面不赞成告子说的"食色，性也"，一方面在论"大丈夫"的时候列入了"贫贱不能移"一个条件。战国时代的"大丈夫"，相当于春秋时的"君子"，都是治人的劳心的人。这些人虽然也有饿饭的时候，但是一朝得了时，吃饭是不成问题的，不像小民往往一辈子为了吃饭而挣扎着。因此士人就不难将道和节放在第一，而认为吃饭好像是一个不足重轻的项目了。

伯夷、叔齐据说反对周武王伐纣，认为以臣伐君，因此不食周粟，饿死在首阳山。这也是只顾理想的节而不顾吃饭的。配合着儒家的理论，伯夷、叔齐成为士人立身的一种特殊的标准。所谓特殊的标准就是理想的最高的标准；士人虽然不一定人人都要做到这地步，但是能够做到这地步最好。

经过宋朝道学家的提倡，这标准更成了一般的标准，士人连妇女都要做到这地步。这就是所谓"饿死事小，失节事大"。这句话原来是论妇女的，后来却扩而充之普遍应用起来，造成了无数的残酷的愚蠢的殉节事件。这正是

"吃人的礼教"。人不吃饭，礼教吃人，到了这地步总是不合理的。

士人对于吃饭却还有另一种实际的看法。北宋的宋郊、宋祁兄弟俩都做了大官，住宅挨着。宋祁那边常常宴会歌舞，宋郊听不下去，教人和他弟弟说，问他还记得当年在和尚庙里咬菜根否？宋祁却答得妙：请问当年咬菜根是为什么来着！这正是所谓"吃得苦中苦，方为人上人"。做了"人上人"，吃得好，穿得好，玩儿得好："兼善天下"于是成了个幌子。照这个看法，忍饥挨饿或者吃粗饭、喝冷水，只是为了有朝一日可以大吃大喝，痛快的玩儿。吃饭第一原是人情，大多数士人恐怕正是这么在想。不过宋郊、宋祁的时代，道学刚起头，所以宋祁还敢公然表示他的享乐主义；后来士人的地位增进，责任加重，道学的严格的标准掩护着也约束着在治者地位的士人，他们大多数心里尽管那么在想，嘴里却就不敢说出。嘴里虽然不敢说出，可是实际上往往还是在享乐着。于是他们多吃多喝，就有了少吃少喝的人；这少吃少喝的自然是被治的广大的民众。

民众，尤其农民，大多数是听天由命安分安己的，他们惯于忍饥挨饿，几千年来都如此。除非到了最后关头，他们是不会行动的。他们到别处就食，抢米，吃大户，甚至于造反，都是被逼得无路可走才如此。这里可以注意的是他们不说话："不得了"就行动，忍得住就沉默。他们要饭吃，却不知道自己应该有饭吃；他们行动，却觉得这种行动是不合法的，所以就索性不说什么话。说话的还是士人。他们由于印刷的发明和教育的发展等等，人数加多了，吃饭的机会可并不加多，于是许多人也感到吃饭难了。这就有了"世上无如吃饭难"的慨叹。虽然难，比起小民来还是容易。因为他们究竟属于治者，"百足之虫，死而不僵"，有的是做官的本家和亲戚朋友，总得给口饭吃；这饭并且总比小民吃的好。孟子说做官可以让"所识穷乏者得我"，自古以来做了官就有引用穷本家穷亲戚穷朋友的义务。到了民国，黎元洪总统更提出了"有饭大家吃"的话。这真是"菩萨"心肠，可是当时只当作笑话。原来这句话说在一位总统嘴里，就是贤愚不分，赏罚不明，就是糊涂。然而到了那时候，这句话却已经藏在差不多每一个士人的心里。难得的倒是这糊涂！

第一次世界大战加上五四运动，带来了一连串的变化，中华民国在一颠一拐的走着"之"字路，走向现代化了。我们有了知识阶级，也有了劳动阶级，有了索薪，也有了罢工，这些都在要求"有饭大家吃"。知识阶级改变了士人的面目，劳动阶级改变了小民的面目，他们开始了集体的行动；他们不能再安贫乐道了，也不能再安分守己了，他们认出了吃饭是天赋人权，公开的要饭吃，不是大吃大喝，是够吃够喝，甚至于只要有吃有喝。然而这还只是刚起头。到了这次世界大战当中，罗斯福总统提出了四大自由，第四项是"免于匮乏的自由"。"匮乏"自然以没饭吃为首，人们至少该有免于没饭吃的自由。这就加强了人民的吃饭权，也肯定了人民的吃饭的要求；这也是"有饭大家吃"，但是着眼在平民，在全民，意义大不同了。

抗战胜利后的中国，想不到吃饭更难，没饭吃的也更多了。到了今天一般人民真是不得了，再也忍不住了，吃不饱甚至没饭吃，什么礼义什么文化都说不上。这日子就是不知道吃饭权也会起来行动了，知道了吃饭权的，更怎么能够不起来行动，要求这种"免于匮乏的自由"呢？于是学生写出"饥饿事大，读书事小"的标语，工人喊出"我们要吃饭"的口号。这是我们历史上第一回一般人民公开的承认了吃饭第一。这其实比闷在心里糊涂的骚动好得多；这是集体的要求，集体是有组织的，有组织就不容易大乱了。可是有组织也不容易散；人情加上人权，这集体的行动是压不下也打不散的，直到大家有饭吃的那一天。

食道旧寻——《学人谈吃》序

汪曾祺

《学人谈吃》,我觉得这个书名有点讽刺意味。学人是会吃,且善于谈吃的。中国的饮食艺术源远流长,千年不坠,和学人的著述是有关系的。现存的古典食谱,大都是学人的手笔。但是学人一般是比较穷的,他们爱谈吃,但是不大吃得起。

抗日战争以前,学人的生活是相当优裕的,大学教授一月可以拿到三四百元,有的教授家里是有厨子的。抗战以后,学人生活一落千丈。我认识一些学人正是在抗战以后。我读的大学是西南联大,西南联大是名教授荟萃的学府。这些教授肚子里有学问,却少油水。昆明的一些名菜,如"培养正气"的汽锅鸡、东月楼的锅贴乌鱼、映时春的油淋鸡、新亚饭店的过油肘子、小西门马家牛肉馆的牛肉、甬道街的红烧鸡枞……能够偶尔一吃的,倒是一些"准学人"——学生或助教。这些准学人两肩担一口,无牵无挂,有一点钱——那时的大学生大都在校外兼职,教中学当家庭教师,做会计……不时有微薄的收入,多是三朋四友,一顿吃光。有一次有一个四川同学,家里给他寄了一件棉袍来,我们几个人和他一块到邮局去取。出了邮局,他把包裹拆了,把棉袍搭在胳臂上,站在文明街上,大声喊:"谁要这件棉袍?"当场有人买了。我们几个人钻进一家小馆子,风卷残云,一会的功夫,就把这件里面三新的"棉袍"吃掉了。教授们有家,有妻儿老小,当然不能这样的放诞。有一位名教授,外号"二云居士",谓其所嗜之物为云土与云腿,我想这不可靠。走进大西门外凤翥街的本地馆子里,一屁股坐下来,毫不犹豫地先叫一盘"金钱片腿"的,只有赶马的马锅头。教授只能看看。唐立厂(兰)先生爱吃干巴菌,这东西是不贵的,但必须有瘦肉、青辣椒同炒,而且过了雨季,鲜干巴菌就没有了,唐先生也不能老吃。沈从文先生经常在米线店就餐。巴金同志的《怀念从文》中提到："我还记得在昆明一家小饮食店里几次同他相遇，一两碗米线作为晚餐，有西红柿，还有鸡蛋，我们就满足了。"这家米线店在文林街他的宿舍对面，我就陪沈先生吃过多次米线。文林街上除了米线店，还有两家卖牛肉面的小馆子。西边那一家有一位常客，是吴雨僧（宓）先生。他几乎每天都来。老板和他很熟，也对他很尊敬。那时物价以惊人的速度飞涨，牛肉面也随时要涨价。每涨一次价，老板都得征求吴先生的同意。吴先生听了老板的陈述，认为有理，就用一张红纸，毛笔正楷，写一张新订的价目表，贴在墙上。穷虽穷，不废风雅。云南大学成立了一个曲社，定期举行"同期"。参加拍曲的有陶重华（光）、张宗和、孙凤竹、崔芝兰、沈有鼎、吴征镒诸先生，还有一位在民航公司供职的许茹香老先生。"同期"后多半要聚一次餐。所谓"聚餐"，是到翠湖边一家小铺去吃一顿馅儿饼，费用公摊。不到吃完，账已经算得一清二楚，谁该多少钱。掌柜的直纳闷，怎么算得这么快？他不知道算账的是许宝骙先生。许先生是数论专家，这点小九九还在话下！许家是昆曲世家，他的曲子唱得细致规矩是不难理解的，从本书俞平伯先生文中，我才知道他的字也写得很好。昆明的学人清贫如此，重庆、成都的学人也好不到哪里去。我在观音寺一中学教书时，于金启华先生壁间见到胡小石先生写给他的一条字，是胡先生自作的有点打油味道的诗。全诗已忘，前面说广文先生如何如何，有一句我是一直记得的："斋钟顿顿牛皮菜。"牛皮菜即莙荙菜，茎叶可炒食或做汤，北方叫做"根头菜"，也还不太难吃，但是顿顿吃牛皮菜，是会叫人"嘴里淡出鸟来"的！

抗战胜利，大学复员。我曾在北大红楼寄住过半年，和学人时有接触，他们的生活比抗战时要好一些，但很少于吃喝上用心的。谭家菜近在咫尺，我没有听说有哪几位教授在谭家菜预定过一桌鱼翅席去解馋。北大附近只有松公府夹道拐角处有一家四川馆子，就是本书李一氓同志文中提到过许倩云、陈书舫曾照顾过的，屋小而菜精。李一氓同志说是这家的菜比成都还做得好，我无从比较。除了鱼香肉丝、炒回锅肉、豆瓣鱼……之外，我一直记得这家的泡菜特别好吃——而且是不算钱的。掌勺的是个矮胖子，他的儿子也上灶。不知为了什么事，两父子后来闹翻了。常到这里来吃的，以助教、讲师为多，教授是很少来的。除了这家四川馆,红楼附近只有两家小饭铺,卖筋面炒饼,还有一种叫做"炒和菜戴帽"或"炒和菜盖被窝"的菜——菠菜炒粉条,上面摊一层薄薄的鸡蛋盖住。从大学附近饭铺的菜蔬,可以大体测量出学人和准学人的生活水平。

教授、讲师、助教忽然阔了一个时期。国民党政府改革币制,从法币改为金元券,这一下等于增加薪水十倍。于是,我们几乎天天晚上到东安市场去吃。吃森隆、五芳斋的时候少,常吃的是"苏造肉"——猪肉及下水加砂仁、豆蔻等药料共煮一锅,吃客可以自选一两样,由大师傅夹出,剁块——和黄宗江在《美食随笔》里提到的言慧珠请他吃过的爆肚和白汤杂碎。东安市场的爆肚真是一绝,脆,嫩,绝对干净,爆散丹、爆肚仁都好。白汤杂碎,汤是雪白的。可惜好景不长,阔也就是阔了一个月光景。金元券贬值,只能依旧回沙滩吃炒和菜。

教授很少下馆子。他们一般都在家里吃饭,偶尔约几个朋友小聚,也在家里。教授夫人大都会做菜。我的师娘,三姐张兆和是会做菜的。她做的八宝糯米鸭,酥烂入味,皮不破,肉不散,是个杰作。但是她平常做的只是家常炒菜。四姐张充和多才多艺,字写得极好;曲子唱得极好——我们在昆明曲会学唱的《思凡》就是用的她的腔,曾听过她的《受吐》的唱片,真是细腻宛转;她善写散曲,也很会做菜。她做的菜我大都忘了,只记得她做的"十香菜"。"十香菜",苏州人过年吃的常菜耳,只是用十种咸菜丝,分别炒出,置于一盘。但是充和所制,切得极细,精致绝伦,冷冻之后,于鱼肉饫饱之余上桌,拈箸入口,香留齿颊!

解放后我在北京市文联工作过几年。那时文联编着两个刊物——《北京文艺》和《说说唱唱》,每月有一点编辑费。编辑费都是吃掉。编委、编辑,分批开向饭馆。那两年,我们几乎把北京的有名的饭馆都吃遍了。预订包桌的时候很少,大都是临时点菜。"主点"的是老舍先生,执笔写菜单的是王亚平同志。有一次,菜点齐了,老舍先生又斟酌了一次,认为有一个菜不好,不要,亚平同志掏出笔来在这道菜四边画了一个方框,又加了一个螺旋形的小尾巴。服务员接过菜单,端详了一会儿,问:"这是什么意思?"亚平真是个老编辑,他把校对符号用到菜单上来了!

老舍先生好客，他每年要把文联的干部约到家里去喝两次酒，一次是菊花开的时候，赏菊；一次是腊月二十三，他的生日。菜是地道老北京的味儿，很有特点。我记得很清楚的是芝麻酱炖黄花鱼，是一道汤菜。我以前没有吃过这个菜，以后也没有吃过。黄花鱼极新鲜，而且是一般大小，都是八寸。装这个菜得用一个特制的器皿——瓷盎子，即周壁直上直下的那么一个家伙。这样黄花鱼才能一条一条顺顺溜溜平躺在汤里。若用通常的大海碗，鱼即会拗弯甚至断碎。老舍夫人胡絜青同志善做"芥末墩"，我以为是天下第一。有一次老舍先生宴客的是两个盒子菜。盒子菜已经绝迹多年，不知他是从哪一家订来的。那种里面分隔的填雕的朱红大圆漆盒现在大概也找不到了。

学人中有不少是会自己做菜的。但都只能做一两只拿手小菜。学人中真正精于烹调的，据我所知，当推北京王世襄。世襄以此为一乐。据说有时朋友请他上家里做几个菜。主料、配料、酱油、黄酒……都是自己带去。据说，过去连圆桌都是自己用自行车驮去的。听黄永玉说，有一次有几个朋友在一家会餐，规定每人备料去表演一个菜。

王世襄来了，提了一捆葱。他做了一个菜：焖葱。结果把所有的菜全压下去了。此事不知是否可靠。如不可靠，当由黄永玉负责！

客人不多，时间充裕，材料凑手，做几个菜是很愉快的事。成天伏案，改换一下身体的姿势，也是好的——做菜都是站着的。做菜，得自己去买菜。买菜也是构思的过程。得看菜市上有什么菜，琢磨一下，才能搭配出几个菜来。不可能在家里想做几个什么菜，菜市上准有。想炒一个雪里蕻冬笋，没有冬笋，菜架上却有新到的荷兰豆，只好"改戏"。买菜，也多少是运动。我是很爱逛菜市场的。到了一个新地方，有人爱逛百货公司，有人爱逛书店，我宁可去逛逛菜市。看看生鸡活鸭、鲜鱼水菜、碧绿的黄瓜、通红的辣椒，热热闹闹，挨挨挤挤，让人感到一种生之乐趣。

学人所做的菜很难说有什么特点，但大都存本味，去增饰，不勾浓芡，少用明油，比较清淡，和馆子菜不同。北京菜有所谓"宫廷菜"（如仿膳）、"官府菜"（如谭家菜、"潘鱼"），学人做的菜该叫个什么菜呢？叫做"学人菜"，不大好听，我想为之拟一名目，曰"名士菜"，不知王世襄等同志能同意否。

编者叫我为《学人谈吃》写一篇序,我不知说什么好,就东拉西扯地写了上面一些。

吃食和文学（三题）

汪曾祺

咸菜和文化

偶然和高晓声谈起"文化小说"，晓声说："什么叫文化？——吃东西也是文化。"我同意他的看法。这两天自己在家里腌韭菜花，想起咸菜和文化。

咸菜可以算是一种中国文化。西方似乎没有咸菜。我吃过"洋泡菜"，那不能算咸菜。日本有咸菜，但不知道有没有中国这样盛行。中国不出咸菜的地方大概不多。各地的咸菜各有特点，互不雷同。北京的水疙瘩、天津的津冬菜、保定的春不老。"保定有三宝，铁球、面酱、春不老"，我吃过苏州的春不老，是用带缨子的很小的萝卜腌制的，腌成后寸把长的小缨子还是碧绿的，极嫩，微甜，好吃，名字也起得好。保定的春不老想也是这样的。周作人曾说他的家乡经常吃的是咸极了的咸鱼和咸极了的咸菜。鲁迅《风波》里写的蒸得乌黑的干菜很诱人。腌雪里蕻南北皆有。上海人爱吃咸菜肉丝面和雪笋汤。云南曲靖的韭菜花风味绝佳。曲靖韭菜花的主料其实是细切晾干的萝卜丝，与北京作为吃涮羊肉的调料的韭菜花不同。贵州有冰糖酸，乃以芥菜加醪糟、辣子腌成。四川咸菜种类极多，据说必以自流井的粗盐腌制乃佳。行销（真是"行销"）全国，远至海外（有华侨的地方）。堪称咸菜之王的，应数榨菜。朝鲜辣菜也可以算是咸菜。延边的腌蕨菜北京偶有卖的，人多不识。福建的黄萝卜很有名，可惜未曾吃过。我的家乡每到秋末冬初，多数人家都腌萝卜干。到店铺里学徒，要"吃三年萝卜干饭"，言其缺油水也。中国咸菜多矣，此不能备载。如果有人写一本《咸菜谱》，将是一本非常有意思的书。

咸菜起于何时，我一直没有弄清楚。古书里有一个"菹"字，我少时曾以为是咸菜。后来看《说文解字》，"菹"字下注云"酢菜也"，不对了。汉字凡从酉者，都和酒有点关系。酢菜现在还有。昆明的"茄子酢"、湖南乾城的"酢辣子",都是密封在坛子里使酒化了的,吃起来都带酒香。这不能算是咸菜。有一个"虀"字,则确乎是咸菜了。这是切碎了腌的。这东西的颜色是发黄的,故称"黄虀"。腌制得法,"色如金钗股"云。我无端地觉得,这恐怕就是酸雪里蕻。虀似乎不是很古的东西。这个字的大量出现好像是在宋人的笔记和元人的的戏曲里。这是穷秀才和和尚常吃的东西。"黄虀"成了嘲笑秀才和和尚,亦为秀才和和尚自嘲的常用的话头。中国咸菜之多,制作之精,我以为跟佛教有一点关系。佛教徒不茹荤,又不一定一年四季都能吃到新鲜蔬菜,于是就在咸菜上打主意。我的家乡腌咸菜腌得最好的是尼姑庵。尼姑到相熟的施主家去拜年,都要备几色咸菜。关于咸菜的起源,我在看杂书时还要随时留心,并希望博学而好古的馋人有以教我。

和咸菜相伯仲的是酱菜。中国的酱菜大别起来,可分为北味的与南味的两类。北味的以北京为代表。六必居、天源、后门的"大葫芦"都很好。——"大葫芦"门悬大葫芦为记,现在好像已经没有了。保定酱菜有名,但与北京酱菜区别实不大。南味的以扬州酱菜为代表,商标为

"三和""四美"。北方酱菜偏咸,南则偏甜。中国好像什么东西都可以拿来酱。萝卜、瓜、莴苣、蒜苗、甘露、藕乃至花生、核桃、杏仁,无不可酱。北京酱菜里有酱银苗,我到现在还不知道究竟是什么东西。只有荸荠不能酱。我的家乡不兴到酱园里开口说买酱荸荠,那是骂人的话。

酱菜起于何时,我也弄不清楚。不会很早。因为制酱菜有个前提,必得先有酱——豆制的酱。酱——酱油,是中国一大发明。"柴米油盐酱醋茶",酱为开门七事之一。中国菜多数要放酱油。西方没有。有一个京剧演员出国,回来总结了一条经验,告诫同行,以后若有出国机会,必须带一盒固体酱油!没有郫县豆瓣,就做不出"正宗川味"。但是中国古代的酱和现在的酱不是一回事。《说文》"酱"字注云从肉、从酉、爿声。这是加盐、加酒、经过发酵的肉酱。《周礼·天官·膳夫》:"凡王之馈,酱用百有二十瓮。"郑玄注:"酱,谓醯醢也"。醯,醢,都是肉酱。大概较早出现的是豉,其后才有现在的酱。汉代著作中提到的酱,好像已是豆制的。东汉王充《论衡》:"作豆酱恶闻雷。"明确提到豆酱。《齐民要术》提到酱油,但其时已至北魏,距现在一千五百多年。——当然,这也相当古了。

酱菜的起源，我现在还没有查出来，俟诸异日吧。

考查咸菜和酱菜的起源，我不反对，而且颇有兴趣。但是，也不一定非得寻出它的来由不可。"文化小说"的概念颇含糊。小说重视民族文化，并从生活的深层追寻某种民族文化的"根"，我以为是未可厚非的。小说要有浓郁的民族色彩，不在民族文化里腌一腌、酱一酱，是不成的，但是不一定非得追寻得那么远，非得追寻到一种苍苍莽莽的古文化不可。古文化荒邈难稽（连咸菜和酱菜的来源我们还不清楚）。寻找古文化，是考古学家的事，不是作家的事。从食品角度来说，与其考察太子丹请荆轲吃的是什么，不如追寻一下"春不老"；与其查究楚辞里的"蕙肴蒸"，不如品味品味湖南豆豉；与其追溯断发文身的越人怎样吃蛤蜊，不如蒸一碗霉干菜，喝两杯黄酒。我们在小说要表现的文化，首先是现在的，活着的；其次是昨天的，消逝不久的。理由很简单，因为我们可以看得见，摸得着，尝得出，想得透。

1986 年 9 月 11 日

口味·耳音·兴趣

我有一次买牛肉。排有我前面的是一个中年妇女，看样子是个知识分子，南方人。轮到她了，她问卖牛肉的："牛肉怎么做？"我很奇怪，问："您没有做过牛肉？"——"没有。我们家不吃牛羊肉。"——"那您买牛肉……？"——"我的孩子大了，他们会到外地去。我让他们习惯习惯，出去了好适应。"这位做母亲的用心良苦。我于是尽了一趟义务，把她请到一边，讲了一通牛肉做法，从清炖、红烧、咖喱牛肉，直到广东的蚝油炒牛肉、四川的水煮牛肉、干煸牛肉丝……

有人不吃羊肉。我们到内蒙古去体验生活。有一位女同志不吃羊肉——闻到羊肉气味都恶心，这可苦了。她只好顿顿吃开水泡饭，吃咸菜。看见我吃手抓羊肉、羊贝子（全羊）吃得那样香，直生气！

有人不吃辣椒。我们到重庆去体验生活。有几个女演员去吃汤圆，进门就嚷嚷："不要辣椒！"卖汤圆的冷冷地说："汤圆没有放辣椒的！"

许多东西不吃，"下去"，很不方便。到一个地方，听不懂那里的话，也很麻烦。

我们到湘鄂赣去体验生活。在长沙，有一个同志的鞋坏了，去修鞋，鞋铺里不收。"为什么？"——"修鞋的不好过。"——"什么？""修鞋的不好过！"我只得给他翻译一下，告诉他修鞋的今天病了，他不舒服。上了井冈山，更麻烦了：井冈山说的是客家话。我们听一位队长介绍情况，他说这里没有人肯当干部，他挺身而出，他老婆反对，说是"辣子毛补，两头秀腐"——"什么什么？"我又得给他翻译："辣椒没有营养，吃下去两头受苦。"这样一翻译可就什么味道也没有了。

我去看昆曲，"打虎游街""借茶活捉"……好戏。小王的苏白尤其传神，我听得津津有味，不时发出笑声。邻座是一个唱花旦的京剧女演员，她听不懂，直着急，老问："他说什么？说什么？"我又不能逐句翻译，她很遗憾。

我有一次到民族饭店去找人，身后有几个少女在叽叽呱呱地说很地道的苏州话。一边的电梯来了，一个少女大声招呼她的同伴："乘面乘面（这边这边）！"我回头一看，说苏州话的是几个美国人！

我们那位唱花旦的女演员在语言能力上比这几个美国

少女可差多了。

一个文艺工作者、一个作家、一个演员的口味最好杂一点，从北京的豆汁到广东的龙虱都尝尝（有些吃的我也招架不了，比如贵州的鱼腥草）；耳音要好一些，能多听懂几种方言，四川话、苏州话、扬州话（有些话我也一句不懂，比如温州话）。否则，是个损失。

口味单调一点、耳音差一点，也还不要紧，最要紧的是对生活的兴趣要广一点。

1986年8月12日

苦瓜是瓜吗？

昨天晚上，家里吃白兰瓜。我的一个小孙女，还不到三岁，一边吃，一边说："白兰瓜、哈密瓜、黄金瓜、华莱士瓜、西瓜，这些都是瓜。"我很惊奇了：她已经能自己经过归纳，形成"瓜"的概念了（没有人教过她）。这表示她的智力已经发展到了一个重要的阶段。凭借概念，进行思维，是一切科学的基础。她奶奶问她："黄瓜呢？"她点点头。"苦瓜呢？"她摇摇头。我想，她大概认为"瓜"是可以吃的，并且是好吃的（这些瓜她都吃过）。今天早起，又问她："苦瓜是不是瓜？"她还是坚决地摇了摇头，并且说明她的理由："苦瓜不像瓜。"我于是进一步想，我对她的概念的分析是不完全的。原来在她的"瓜"概念里除了好吃不好吃，还有一个像不像的问题（苦瓜的表皮疙里疙瘩的，也确实不大像瓜）。我翻了翻《辞海》，看到苦瓜属葫芦科。那么，我的孙女认为苦瓜不是瓜，是有道理的。我又翻了翻《辞海》的"黄瓜"条：黄瓜也是属葫芦科。苦瓜、黄瓜习惯上都叫做瓜；而另一种很"像"瓜的东西，在北方却称之为"西葫芦"。瓜乎？葫芦乎？苦瓜是不是瓜呢？我倒糊涂起来了。

前天有两个同乡因事到北京，来看我。吃饭的时候，有一盘炒苦瓜。同乡之一问："这是什么？"我告诉他是苦瓜。他说："我倒要尝尝。"夹了一小片入口："乖乖！真苦啊！——这个东西能吃？为什么要吃这种东西？"我说："酸甜苦辣咸，苦也是五味之一。"他说："不错！"我告诉他们这就是癞葡萄。另一同乡说："'癞葡萄'，那我知道的。癞葡萄能这个吃法？"

"苦瓜"之名，我最初是从石涛的画上知道的。我家里有不少有正书局珂罗版印的画集，其中石涛的画不少。

我从小喜欢石涛的画。石涛的别号甚多,除石涛外有释济、清湘道人、大涤子、瞎尊者和苦瓜和尚。但我不知道苦瓜为何物。到了昆明,一看:哦,原来就是癞葡萄!我的大伯父每年都要在后园里种几棵癞葡萄,不是为了吃,是为了成熟之后摘下来装在盘子里看着玩的。有时也剖开一两个,挖出籽儿来尝尝。有一点甜味,并不好吃。而且颜色鲜红,如同一个一个血饼子,看起来很刺激,也使人不大敢吃它。当作菜,我没有吃过。有一个西南联大的同学,是个诗人,他整了我一下子。我曾经吹牛,说没有我不吃的东西。他请我到一个小饭馆吃饭,要了三个菜:凉拌苦瓜、炒苦瓜、苦瓜汤!我咬咬牙,全吃。从此,我就吃苦瓜了。

苦瓜原产于印度尼西亚,中国最初种植是广东、广西。现在云南、贵州都有。据我所知,最爱吃苦瓜的似是湖南人。有一盘炒苦瓜——加青辣椒、豆豉,少放点猪肉,湖南人可以吃三碗饭。石涛是广西全州人,他从小就是吃苦瓜的,而且一定很爱吃。"苦瓜和尚"这别号可能有一点禅机,有一点独往独来、不随流俗的傲气,正如他叫"瞎尊者",其实并不瞎;但也可能是一句实在话。石涛中年流寓南京，晚年久住扬州。南京人、扬州人看见这个和尚拿癞葡萄来炒了吃，一定会觉得非常奇怪的。

北京人过去是不吃苦瓜的。菜市场偶尔有苦瓜卖，是从南方运来的。买的人也都是南方人。近二年北京人也有吃苦瓜的了，有人还很爱吃。农贸市场卖的苦瓜都是本地的菜农种的，所以格外鲜嫩。看来人的口味是可以改变的。

由苦瓜我想到几个有关文学创作的问题：

一、应该承认苦瓜也是一道菜。谁也不能把苦从五味里开除出去。我希望评论家、作家——特别是老作家，口味要杂一点，不要偏食，不要对自己没有看惯的作品轻易地否定、排斥。不要像我的那位同乡一样，问道："这个东西能吃？为什么要吃这种东西？"提出："这样的作品能写？为什么要写这样的作品？"我希望他们能习惯类似苦瓜一样的作品，能吃出一点味道来，如现在的某些北京人。

二、《辞海》说苦瓜"未熟嫩果作蔬菜，成熟果瓤可生食"。对于苦瓜，可以各取所需，愿吃皮的吃皮，愿吃瓤的吃瓤。对于一个作品，也可以见仁见智。可以探索其哲学意蕴，也可以踪迹其美学追求。北京人吃凉拌芹菜，只取嫩茎，西餐馆做罗宋汤则专要芹菜叶。人弃人取，各随尊便。

三、一个作品算是现实主义的也可以，算是现代主义的也可以，只要它真是一个作品。作品就是作品。正如苦瓜，说它是瓜也行，说它是葫芦也行，只要它是可吃的。苦瓜就是苦瓜。——如果不是苦瓜，而是狗尾巴草，那就另当别论。截至现在为止，还没有人认为狗尾巴草很好吃。

1986 年 9 月 6 日

读《烹调原理》

梁实秋

从前文人雅士喜做食谱,述说其饮食方面的心得,例如袁子才的《随园食单》、李渔的《笠翁偶集》饮馔部便是。其文字雅洁生动,令人读之不仅馋涎欲滴,而且逸兴遄飞。饮食一端,是生活艺术中重要的项目,未可以小道视之。唯食谱之作,每着重于情趣,随缘触机,点到为止。近张起钧先生著《烹调原理》(新天地书局印行),则已突破传统食谱的作风,对烹饪一道做全盘的了解,条分缕析地做理论的说明,真所谓庖丁解牛,近于道矣!掩卷之后,联想泉涌,兹略述一二就教于方家。

着手烹饪,第一件事是"调货",即张先生所谓"选材"。北方馆子购买材料，谓之"上调货"，调货即是材料。上调货的责任在柜上，不在灶上。灶上可以提供意见，但是主事则在柜上。如何选购，如何储存，其间很有斟酌。试举一例：螃蟹。在北平，秋高气爽，七尖八团，满街上都有吆喝卖螃蟹的声音。真正讲究吃的就要到前门外肉市正阳楼去，别看那又窄又脏的街道，这正阳楼有其独到之处。路东是雅座，账房门口有两只大缸，打开盖一看，哇，满缸的螃蟹在吐沫冒泡，只只都称得上广东话所谓"生猛"。北平不产螃蟹，这螃蟹是柜上一清早派人到东火车站，等大篓螃蟹从货车上运下来，一开篓就优先选取其中之硕大健壮的货色。螃蟹是从天津方面运来，所谓胜芳螃蟹。正阳楼何以能拔头筹，其间当然要打通关节。正阳楼不惜工本，所以有最好的调货。一九一二年的时候要卖两角以至四角一只。货运到柜上还不能立即发售，要放在缸里养上几天，不时地泼浇蛋白上去，然后才能长得肥胖结实。一个人到正阳楼，要一尖一团，持螯把酒，烤一碟羊肉，配以特制的两层薄皮的烧饼，然后叫一碗氽大甲，简直是一篇起承转合、首尾照应的好文章！

第二件是刀口，一点也不错，一般家庭讲究刀法的不多，尤其是一些女佣来自乡间，经常喂猪，青菜要切得碎碎细细，要煮得稀巴烂，如今给人做饭也依样葫芦。很少人家能拿出一盘炒青菜而刀法适当的。炒芥蓝菜加蚝油，是广东馆子的拿手菜，但是那四五英寸长的芥蓝，无论多么嫩多么脆，一端下了咽，一端还在嘴里嚼，那滋味真不好受。切肉，更不必说，需要更大的技巧。以狮子头为例，谁没吃过狮子头？真正做好却不容易。我的同学王化成先生是扬州人，从他姑妈学得了狮子头做法，我曾叨扰过他的杰作。其秘诀是：七分瘦三分肥，多切少斩，芡粉抹在手掌上，搓肉成团，过油以皮硬为度，碗底垫菜，上笼猛蒸。上桌时要撇去浮油。然后以匙取食，鲜美无比。再如烤、涮羊肉切片，那是真功夫。大块的精肉，蒙上一块布，左手按着，右手操刀。要看看肉的纹路，不能顺丝切，然后一刀挨着一刀地往下切，缓急强弱之间随时有个分寸。现下所谓"蒙古烤肉"，肉是碎肉，在冰柜里结成一团，切起来不费事，摆在盘里很像个样子，可是一见热就纷纷解体成为一缕缕的肉条子，谈什么刀法？我们普通吃饺子之类，那肉馅也不简单。要剁碎，可是不能剁成泥。我看见有些厨师，挥起两把菜刀猛剁，把肥肉瘦肉以及肉皮剁成了稠稠的糨糊似的。

这种馅子弄熟了之后可以有汁水，但是没有味道。讲究吃馅子的人，也是赞成多切少斩，很少人肯使用碾肉机。肉里面若是有筋头巴脑，最煞风景，吃起来要吐核儿。

讲到煎炒烹炸，那就是烹饪的主体了。张先生则细分为二十五项，洋洋大观。记得齐如山先生说过我们中国最特出的烹饪法是"炒"，西方最妙的是"烤"。确乎如此。"炒"字没有适当的英译，有人译为 scramble fry，那意思是连搅带炸，总算是很费一番苦心了。其实我们所谓"炒"，必须使用尖底锅，英译为 wok，大概是广东音译，没有尖底锅便无法炒，因为少许的油无法聚在一起，而且一翻搅则菜就落在外面去了。烤则有赖于烤箱，可以烤出很多东西，如烤鸭、烤鱼、烤通心粉、烤各种点心，以至于烤马铃薯、烤菜花。炒菜，要注意火候，在菜未下锅之前也要注意到油的温度。许多菜需要旺火旺油，北平有句俗话"毛厨子怕旺火"，能使旺油才算手艺。我在此顺便提一提所谓"爆肚"。北平摊子上的爆肚，实际上是氽。馆子里的爆肚则有三种做法：油爆、盐爆、汤爆。油爆是加芡粉、葱、蒜、香菜梗。盐爆是不加芡粉。汤爆是水氽，外带一小碗卤虾油。所谓"肚"，是羊肚，不是猪肚，而且要剥掉草芽子，只用那最肥最厚的白肉,名之为肚仁。北平凡是山东馆子都会做,以东兴楼、致美斋等为最擅长。有一回我离开北平好几年,真想吃爆肚,后来回去一下火车便直奔煤市街,在致美斋一口气点了油爆肚、盐爆肚、汤爆肚各一,嚼得我牙都酸了。此地所谓"爆双脆",很少馆子敢做,而且用猪肚也不对劲,根本不脆。再提另一味菜,炒辣子鸡。是最普通的一道菜,但也是最考验手艺的一道菜,所谓内行菜。子鸡是小嫩鸡,最大像鸽子那样大,先要把骨头剔得干干净净,所谓"去骨",然后油锅里爆炒,这时候要眼明手快,有时候用手翻搅都来不及,只能掂起"把儿勺",把锅里的东西连鸡汁飞抛起来,这样才能得到最佳效果,真是神乎其技。这就叫作掌勺。在饭馆里学徒,从剥葱剥蒜起,在厨房打下手,耳濡目染,要熬个好多年才能掌勺爆肚仁、炒辣子鸡。

张先生论素菜,甚获我心。既云素菜,就不该模拟荤菜取荤菜名。有些素菜馆,门口立着观音像,香烟缭绕,还真有食客在那里膜拜,而端上菜来居然是几可乱真的炒鳝糊、松鼠鱼、红烧鱼翅。座上客包括高僧大德在内。这是何等的讽刺?我永不能忘的是几个禅寺所开出的清斋,真是果蔬素食,本味本色。烧冬菇就是烧冬菇,焖笋就是焖笋。我们中国馆子灶上经常备有"高汤"，就是为提味用的。高汤的制作法是用鸡肉之类切碎微火慢煮而成，不可沸滚，沸滚则汤混浊。馆子里外敬一碗高汤，应该不是味精冲的，应该是舀一勺高汤稍加稀释而成。我到熟识的馆子里去，他们时常给我一小饭碗高汤，醇厚之至，绝非味精汤所能比拟。说起汤，想起从前开封洛阳的馆子，未上菜先外敬一大碗"开口汤"，确是高汤。谁说只有西餐才是先喝汤后吃菜？我们也有开口汤之说，也是先喝汤。

我又联想到西餐里的生菜，张先生书里也提到它。他说他"第一次在一位英国人家吃地道的西餐，看见端上一碗生菜，竟是一片片不折不扣洗干净了的生的菜叶子，我心里顿然一凉，暗道：'这不是喂兔子的吗？'"在国内也有不少人忌生冷，吃西餐看见一小盆拌生菜（tossed salad），莴苣菜拌番茄、洋葱、胡萝卜、小红萝卜，浇上一勺调味汁，从冰箱里拿出来冰冷冰冷的，便不由得不倒抽一口凉气，把它推在一旁。其实这是习惯问题，生菜生吃也不错。吃炸酱面时，面码儿不也是生拌进去一些黄瓜丝、萝卜缨吗？我又想起"菜包"，张先生书里也提到，他说："菜包乃清朝王室每年初冬纪念他们祖先作战绝粮吃树叶的一种吃法。其法是用嫩的生白菜叶,用手托着包拢各种菜成一球状咬着吃,所以叫菜包。"我要稍作补充。白菜叶子要不大不小。取多半碗热饭拌以刚炒好的麻豆腐,麻豆腐是发酵过的绿豆渣,有点酸。然后再和以小肚丁,小肚是膀胱灌粉及肉末所制成,其中加松子,味很特别,酱肘子铺有的卖。再加摊鸡蛋也切成丁。这是标准的材料,不能改变。菜叶子上面还别忘了抹上蒜泥酱。把饭菜酌量倒在菜叶子上,双手捧起,缩颈而食之,吃得一嘴一脸两手都是饭粒菜屑。在台湾哪里找麻豆腐?炒豆腐松或是鸡刨豆腐也将就了。小肚不是容易买到的,用炒肉末算了。我曾以此飨客,几乎没有人不欣赏。这不是大吃生菜吗?广东馆子的炒鸽松用莴苣叶包着吃,也是具体而微的吃生菜了。

看张先生的书,令人生出联想太多了,一时也说不完。对于吃东西不感兴趣的人,趁早儿别看这本书!

再谈"中国吃"

梁实秋

前些时候写了一篇《读〈中国吃〉》,乃是读了唐鲁孙先生大作,一时高兴,补充了一些材料,还有劳郑百因先生给我做了笺注。后来我又写了一篇《酪》,一篇《面条》,除了嘴馋之外也还带有几许乡愁。有些朋友们鼓励我多写几篇这一类的文字,但是也有人在一旁"挑眼"。

民以食为天,这句话见《史记·郦生陆贾列传》,"王者以民人为天,而民人以食为天"。所谓天,乃表示其崇高重要之意。《洪范》八政,一曰食。文子所说"老子曰,食者民之本也,民者国之基也",也是这个意思。对于这个自古以来即公认为人生首要之事,谈谈何妨?

人有富贵贫贱之别，食当然有精粗之分。大抵古时贫富的差距不若后世之甚。所谓鼎食之家，大概也不过是五鼎食。日食万钱，犹云无下箸处，是后来的事。我看元朝忽思慧撰《饮膳正要》，可以说是帝王之家的食谱，其中所列水陆珍馐种类不少，以云烹调仍甚简陋。晚近之世，奢靡成风，饮食一道乃得精进。扬州素称胜地，富商云集，其烹调之术独步一时，苏、杭、川，实皆不出其范畴。黄河河工乃著名之肥缺，饮宴之精自其余事，故汴、洛、鲁，成一体系。闽粤通商口岸，市面繁华，所制馔食又是一番景象。至于近日报纸喧腾的满汉全席，那是低级趣味荒唐的噱头。以我所认识的人而论，我不知道当年有谁见过这样的世面。北平北海的仿膳，据说掌灶的是御膳房出身，能做一百道菜的全席，我很惭愧不曾躬逢其盛，只吃过称羼有栗子面的小窝头，看他所做普通菜肴的手艺，那满汉全席不吃也罢。

一般吃菜均以馆子为主。其实饭馆应以灶上的厨师为主，犹如戏剧之以演员为主。一般的情形，厨师一换，菜可能即走样。师傅的绝技，其中也有一点天分，不全是技艺。

我举一个例，"瓦块鱼"是河南菜，最拿手的是厚德福，在北平没有第二家能做。我曾问过厚德福的老掌柜陈莲堂先生，做这一道菜有什么诀窍。我那时候方在中年，他已经是六十左右的老者。他对我说："你想吃就来吃，不必问。"事实上我每次去，他都亲自下厨，从不假手徒弟。我坚持要问，他才不惮其烦地从选调货起（调货即材料），一步一步讲到最后用剩余的甜汁焙面止。可是真要做到色、香、味俱全，那全在掌勺的存乎一心，有如庖丁解牛，不仅是艺，而是近于道了，他手下的徒弟前后二十多位，真正眼明手快懂得如何使油的只有梁西臣一人。瓦块鱼，要每一块都像瓦块，不薄不厚微微翘卷，不能带刺，至少不能带小刺，颜色淡淡的微黄，黄得要匀，勾汁要稠稀合度不多不少而且要透明——这才合乎标准，颇不简单，陈老掌柜和他的高徒均早已先后作古，我不知道谁能继此绝响！如果烹调是艺术，这种艺术品不能长久存留，只能留在人的齿颊间，只能留在人的回忆里，这真是无可奈何的事。

一个饭馆的菜只能有三两样算是拿手，会吃的人到什么馆子点什么菜，堂倌知道你是内行，另眼看待，例如，鳝鱼一味，不问是清炒、黄焖、软兜、烩拌，只是淮扬或河南馆子最为擅长。要吃爆肚仁,不问是汤爆、油爆、盐爆,非济南或烟台帮的厨师不办。其他如川湘馆子、广东馆子、宁波馆子莫不各有其招牌菜。不过近年来,人口流动得太厉害,内行的吃客已不可多得,暴发的人多,知味者少,因此饭馆的菜有趋于混合的态势,同时,师傅、徒弟的关系越来越淡,稍窥门径的二把刀也敢出来做主厨,馆子的业务尽管发达,吃的艺术却在走下坡路。

酒楼、饭馆是饮宴应酬的场所,是有些闲人雅士在那里修食谱,但是时势所趋,也有不少人在那里只图一个醉饱。我们谈中国吃,本不该以谈饭馆为限,正不妨谈我们的平民的吃。我小时候,一位同学自甘肃来到北平,看见我们吃白米、白面,惊异得不得了,因为他的家乡日常吃的是"糊"——杂粮熬成的粥。

我告诉他我们河北乡下人吃的是小米面贴饼子,城里的贫民吃的是杂和面窝头。山东人吃的锅盔,那份硬,真得牙口好才行,这是主食,副食呢,谈不到,有棵葱或是大腌萝卜"棺材板"就算不错。在山东,吃红薯的人很多。全是碳水化合物,热量足够,有得多,蛋白质则只好取给于豆类。这样的吃食维持了一般北方人的生存。"好吃不过饺子"是华北乡下的话，姑奶奶回娘家或过年才包饺子。乡下孩子们都知道，鸡蛋不是为吃的，是为卖的。摊鸡蛋卷饼只有在款待贵宾时才得一见。乡下也有油吃，菜油、花生油、豆油之类，但是吃法奇绝，不用匙舀，用一根细木棒套上一枚有孔的铜钱，伸到油瓶里，凭这铜钱一滴一滴把油带出来，这名叫"钱油"。一晃好几十年了，现在情形如何我不知道，应该比以前好一些才对。华北情形较穷苦，江南要好得多。

平民吃苦，但是在比较手头宽裕的时候，也知道怎样去打牙祭。例如，在北平从前有所谓"二荤铺"，茶馆兼营饭馆，戴毡帽系褡包的朋友们可以手托着几两猪肉，提着一把韭黄、蒜苗之类，进门往柜台上一撂，喊一声："掌柜的！"立刻就有人过来把东西接过去，不大工夫一盘热腾腾的肉丝炒韭黄或肉片焖蒜苗给你端到桌上来。

我有一次看见一位彪形大汉，穿灰布棉袍——底襟一角塞在褡包上，一望即知是一个赶车的，他走进"灶温"独据一桌，要了一斤家常饼分为两大张，另外一大碗炖羊肉，大葱一大盘，把半碗肉倒在一张饼上，卷起来像一根柱子，两手捧扶，左边一口，右边一口，然后中间一口，这个动作连做几次一张饼不见了,然后进行第二张,直到最后他吃得满头大汗,青筋暴露。我生平看人吃东西痛快淋漓以此为最。现在台湾,劳动的人在吃食方面普遍地提高,工农界的穷苦人坐在路摊上大啃鸡腿、牛排是很寻常的现象了。

平民食物常以各种摊贩的零食来做补充。我写过一篇《北平的零食小吃》记载那个地方的特别食物。各地零食都有一个特点不知大家注意到没有,那就是不分阶级,雅俗共赏。成都附近的牌坊面,往来仕商以至贩夫走卒谁不停下来吃几碗?德州烧鸡,火车上的乘客不分等级都伸手窗外抢购。杭州西湖满家陇的桂花栗子,平湖秋月的藕粉,我相信人人都有兴趣。北平的豆汁儿、灌肠、熏鱼儿、羊头肉,是很低级的食物,但是大宅门同样地欢迎照顾。

我常觉得我们中国人的吃,不可忽略的是我们的家常便饭。每个家庭主妇大概都有几样烹饪上的独得之秘。

有人告诉我,广东的某些富贵人家每一位姨太太有一样拿手菜,老爷请客时便由几位姨太太各显其能加起来成为一桌盛筵。这当然不能算是我所说的家常便饭。我所说的家常便饭是真正的家常便饭，如焖扁豆、茄子之类，别看不起这种菜，做起来各有千秋。

我从前在北平认识一些旗人朋友，他们真是会吃。我举两个例：炸酱面谁都吃过，但是那碗酱如何炸法大有讲究。肉丁也好，肉末也好，酱少了不好吃，酱多了太咸，我在某一家里学得了一个妙法。酱里加炸茄子，一碗酱变成了两碗，而且味道特佳。酱要干炸，稀糊糊的就不对劲。又有一次在朋友家里吃薄饼，在宝华春叫了一个盒子，家里配上几个炒菜，那一盘摊鸡蛋有考究，摊好了之后切成五六厘米宽的长条，这样夹在饼里才顺理成章，虽是小节，具见用心。以后我看见"合菜戴帽"就觉得太简陋，那薄薄的一顶帽子如何撕破分配均匀？馆子里的菜数虽然较精，一般却嫌油大，味精太多，不如家里的青菜豆腐。可是也有些家庭主妇招待客人，偏偏要模仿饭馆宴席的规模，结果是弄巧反拙四不像了。

常听人说，中国菜天下第一，说这话的人应该是品尝过天下的菜。我年幼无知的时候也说过这样的话，如今不敢这样放肆，因为关于中国吃所知已经不多，外国的吃我所知更少。一般人都说只有法国菜可以和中国菜比，法国我就没有去过。美国的吃略知一二，但可怜得很，在学生时代只能作起码的糊口之计，时常是两个三明治算是一顿饭，中上层阶级的饮膳情形根本一窍不通。以后在美国旅游也是为了搏节，从来不曾为了口腹而稍有放肆。所以对于中西之吃，我不愿做比较的判断。我只能说，鱼翅、燕窝、鲍鱼、熘鱼片、炒虾仁，以至于炸春卷、咕噜肉……美国人不行，可是讲到汉堡、三明治、各色冰淇淋，以至于烤牛排……我们中国还不能望其项背。我并不"崇洋"，我在外国住，我还吃中国菜，周末出去吃馆子，还是吃中国馆子，不是一定中国菜好，是习惯。我常考虑，我们中国的吃，上层社会偏重色、香、味，蛋白质太多，下层社会蛋白质不足，碳水化合物太多，都是不平衡，问题是很严重的。我们要虚心地多方研究。